飛猿彦次人情噺

攫われた娘

鳥羽　亮

幻冬舎時代小説文庫

飛猿彦次人情噺

攫われた娘

目次

第一章　人攫い

1

「おゆき、家の外が騒がしいが、何かあったかな」

彦次《ひこじ》が、おゆきに訊《き》いた。

彦次は屋根葺《やねふ》きの仕事から長屋に帰り、女房のおゆき、独り娘のおきくの三人で夕めしを食っていたのだ。おきくはまだ五歳で、芥子坊《けしぼう》を銀杏髷《いちょうまげ》に結っていた。

彦次たちが住んでいるのは棟割《むねわり》長屋で、家主は庄兵衛《しょうべえ》である。それで、界隈《かいわい》では庄兵衛店《だな》と呼ばれていた。

すでに、六ツ半（午後七時）を過ぎていた。外は夜陰につつまれ、部屋の隅には、行灯《あんどん》が点《とも》っている。

そのとき、腰高障子《こしだかしょうじ》の向こうで、

「おゆきさん、顔を出しておくれ」

と、おしげのうわずった声が聞こえた。

おしげは、彦次たちと同じ長屋の斜向《はすむ》かいに住んでいた。亭主は権助《ごんすけ》という左官だった。ふたりには、五歳になる仙太《せんた》という子がいる。

「今、行きます」

おゆきは声をかけ、まだ夕めしの途中だったが、箱膳《はこぜん》の前から離れて外へ出た。

彦次は座敷に残り、おきくとふたりでおゆきがもどるのを待っていたが、おゆきとおしげは、なかなか話をやめなかった。

「どうした、何かあったのか」

彦次は腰を上げて、戸口にいるおゆきに声をかけた。

「おしげさん、ここにいて。すぐ、もどるから」

おゆきはそう言って、腰高障子をあけた。

顔を出したおゆきは、

「おまえさん！　大変ですよ」

と、うわずった声で言った。

「どうした。何があった」

彦次が訊いた。

彦次の脇にいたおきくも、箸《はし》を手にしたまま驚いたような顔をして、おゆきを見つめている。

「元吉《もときち》さんのところのおせんちゃんが、いなくなったらしいの」

おゆきの顔が、強張《こわば》っている。

元吉は、彦次たちと同じ長屋に住む左官だった。朝早くから、左官の仕事で長屋を出ることが多い。

おせんは、元吉の長女だった。元吉の家には、三つになる房吉《ふさきち》という長男もいる。

「おせんが、いなくなっただと」

彦次が、声高に訊いた。

「そうなの、遊びに出たまま帰らないらしいの」

「長屋に、帰らないのか」

彦次が驚いたような顔をして訊いた。

おせんは、おきくより二つ年上だが、おきくの遊び仲間だった。

「そうらしいの。それで、おしげさんが、およしさんたちと一緒に探したらしいんです」

おゆきが言った。およしは、おせんの母親である。

「おせんちゃん、どこに行ったのかしら」

おゆきは、心配そうな顔でそう言った後、

「おきく、おせんちゃんを知らない」

と、おきくに目をやって訊いた。

「知らない。あたし、今日は、おせんちゃんと遊ばなかったの」

おきくが、泣きだしそうな顔をして言った。母親に叱られたと思ったのかもしれない。

「今日は、だれと遊んだんだ」

彦次が、優しい声でおきくに訊いた。彦次は、おきくがひとりっ子のせいもあって、目の中に入れても痛くないほど可愛《かわい》がっていた。

「あたし、おふさちゃんとふたりで、井戸の近くで遊んでたの」

おきくが、小声で言った。まだ、泣き顔である。

おふさは、同じ長屋に住む政吉《まさきち》という日傭取《ひようと》りの娘だった。おきくはおふさと同じ年頃で、気が合うのか、ふたりで、遊んでいることが多かった。

「おせんちゃんとは、遊ばなかったのね」

おゆきが、表情を和らげて訊いた。

「うん」

おきくが、うなずいた。

「ひとりで遊んでいて、そのまま長屋に帰らないということか」

彦次が、おゆきに訊いた。

「そうなの。おしげさんも心配して、おせんちゃんに何かあったんじゃないかと思って、あたしに訊きに来たの」

「暗くなっても帰らないとなると、ただごとじゃないな」

彦次は、膳の上に箸を置いて立ち上がった。長屋の男たちと、近所を探してみようと思ったのだ。

「おゆき、近所を探してみる。おきくと一緒に長屋にいてくれ」

彦次はそう言い残し、戸口から外に出た。

外は暗かった。それでも、長屋の家々から洩《も》れる灯《ひ》で、戸口に立っている住人や長屋の棟の輪郭などが見てとれた。

彦次は、長屋の井戸端の近くに、何人かの男が立っているのを目にし、足早に近寄った。元吉と権助の他に、三人の男が立っていた。三人とも、長屋の住人である。

「おせんが、見知らぬ男と、仙台堀沿いの道を歩いているのを見た者がいるんだ」

元吉が言った。元吉の声は、うわずっていた。体が顫《ふる》えている。

「仙台堀を探してみるか」

彦次が言った。

「庄兵衛店は、仙台堀沿いの道から路地をすこし入ったところに、長屋へ出入りする路地木戸があった。仙台堀に落ちた可能性もある。

「行ってみよう」

権助が言った。

2

彦次、元吉、権助、それに井戸端にいた他の三人の男が、路地木戸から仙台堀沿いの道に出た。

仙台堀は、夜陰につつまれていた。それでも、月が辺りを照らしていたので、提《ちょう》灯《ちん》はなくとも歩けた。

仙台堀の水面《みなも》に月光が映じ、青白く光るさざ波が堀の石垣を打つ音だけが、やけに大きく聞こえてきた。

彦次たちの胸には、おせんが攫《さら》われたという強い思いがあった。

道沿いには店や仕舞屋《しもたや》などが並んでいたが、ほとんどの店が表戸を閉めていた。灯が洩れているのは、遅くまで商売をしている飲み屋や小料理屋などである。

「おせんを攫った男は、いそうもないな」

権助が言った。

通りかかるのは、遅くまで仕事をした男や、居酒屋などで飲んだ帰りと思われる酔っ払いなどである。

「ともかく、大川端《おおかわばた》まで行ってみるか」

彦次が言った。

仙台堀は、大川までつづいていた。彦次たちのいる場所から大川端の通りまで遠くなかった。

彦次たちは仙台堀沿いの道を西にむかって歩き、大川端に出た。そこは、仙台堀にかかる上ノ橋《かみのはし》のたもとである。

辺りに人影はなく、大川の流れの音だけが轟々《ごうごう》と響いていた。日中は大川の川面を猪牙舟《ちょきぶね》、茶船《ちゃぶね》、屋形船などが行き交っているのだが、いまは船影もなく、月光に照らされた川面が、永代橋《えいたいばし》の先までつづいている。

彦次たちは、上ノ橋のたもとで足をとめた。

「どうする」

元吉が、男たちに目をやって訊いた。

「せっかくここまで来たんだ。手分けして、おせんのことを訊いてみないか」

彦次はそう言った後、大川端の道沿いには、まだひらいている店があるので、幼い女の子を連れた男を見掛けた者がいるかもしれない、と言い添えた。

「それがいい。おせんを連れた男を見掛けたやつがいれば、おせんの居所がつかめるかもしれねえ」

権助が、男たちに目をやって言った。

彦次たちは、半刻《はんとき》（一時間）ほどしたらこの場にもどることにして、二手に別れた。彦次と一緒になったのは、元吉と安造《やすぞう》という屋根葺きである。彦次たち三人は川下にむかい、権助と他のふたりは、川上にむかった。

日中は行き来する人の姿の多い大川端沿いの道も、いまはときおり仕事帰りの職人や酔客などが通りかかるだけである。

それでも、通り沿いの飲み屋、一膳めし屋、小料理屋などには、灯の色があった。店から、嬌声《きょうせい》や酔客の濁声《だみごえ》などが聞こえてくる。

彦次は、店先に縄暖簾《なわのれん》を出した飲み屋に目をとめ、

「おれは、この店で訊いてみる」

と、元吉と安造に言った。

「おれと安造は、そこのそば屋に寄ってみる」

元吉が、通りの先を指差した。

飲み屋の三軒先に、そば屋があった。店先の掛行灯《かけあんどん》に、「二八そば　酒」と書いてあった。酒も出すらしい。

彦次はひとりで、飲み屋の縄暖簾をくぐった。店内は狭く、土間に飯台《はんだい》が置いてあった。その飯台を前にして、ふたりの男が腰掛け代わりの空《あ》き樽《だる》に腰を下ろして酒を飲んでいた。飯台の先に狭い小上がりがあったが、そこには客の姿がなかった。

右手奥にあった板戸が開き、姿を見せた年増《としま》が、

「いらっしゃい」

と、彦次に声をかけて近付いてきた。

「訊きてえことがあるんだ。商売の邪魔にならねえように、すぐ店を出る」

彦次はそう言って、女に身を寄せ、

「実は、おれの家の隣に住む男の七歳になる娘が、いなくなったんだ。人攫《ひとさら》いに連れていかれたらしい」

と、小声で言った。まだ、人攫いと決め付けられないが、見知らぬ男に連れ去られたことは間違いない。

「まァ、可哀相《かわいそう》」

女は眉《まゆ》を寄せた。その顔に、母親らしい表情が浮いた。女にも、子がいるのかも

しれない。

「女の子を連れた男を見掛けなかったかい」

彦次が、さらに声をひそめて訊いた。

女は口をつぐんで、記憶を辿《たど》るような顔をしていたが、

「見掛けなかったわねえ」

と言って、首を傾《かし》げた。

「手間をとらせたな」

そう言って、彦次が店から出ようとすると、

「ちょっと、旦那《だんな》」

女が呼び止めた。

彦次は女に体をむけ、

「見掛けたのか」

と、声をひそめて訊いた。

「ねえ、旦那。人攫いは、女の子を連れて、店の前の道を通ったんですか」

女が念を押すように訊いた。

「それが分からねえんだ。この辺りを通ったと、みてはいるが……」

彦次は、人攫いが大川端の道を通ったかどうかはっきりしないので、そう言った。

「夜ですか」

女が訊いた。

「いや、明るいうちだ」

「それなら、この道は通らないですよ。明るいうちは、大勢の人が行き来していますから、男が攫った女の子を連れて通ったら人目を引きます。それに、攫われた子が、泣きだしたりしたら大騒ぎになりますからね」

「そうだな」

彦次は、女の言うとおりだと思った。

「女の子を連れて、この辺りを通ったのなら舟ですよ」

女が断定するように言った。

「舟だと」

彦次が聞き返した。

「そうです。舟なら、女の子が泣いても騒いでも、流れの音が消してくれるし、縛られているのを見ても、騒ぎたてる人はいませんから」

「女将《おかみ》の言うとおりだ。……人攫いは舟を使ったのだな」

人攫いは舟を使って、おせんを何処《どこ》かに連れていったにちがいない、と彦次は思った。

彦次は、女将に礼を言って店から出た。

3

彦次が元吉たちと別れた場所にもどると、元吉は待っていたが、安造の姿はなかった。

彦次と元吉が川岸近くに立って、いっときすると、

「安造が、来やしたぜ！」

元吉が、通りの先を指差して言った。

安造は、慌てた様子で走ってきた。そして、彦次たちのそばに来ると、

「遅れちまって、申し訳ねえ」

と、荒い息を吐きながら言った。

「ともかく、上ノ橋にもどろう」

そう言って、彦次は上ノ橋にむかった。権助たちが橋のたもとで待っているのではないか、と思ったのだ。

彦次は歩きながら、「おせんのことで、何か知れたことがあったら、話すのは権助たちと顔を合わせてからだな」と、元吉と安造に目をやって言った。ここで話すと、権助たちにまた同じことを話すことになる。

上ノ橋の近くまで行くと、橋のたもとで待っている権助たち三人の姿が見えた。

彦次は、足早に権助たちに近付くと、

「歩きながら話すか」

と言って、仙台堀沿いの通りに足をむけた。橋のたもとで、何人もの男が立って話していると、人目を引くのだ。

彦次は仙台堀沿いの通りに入ると、

「はっきりしないが、人攫いは、おせんを舟で連れ去ったのかもしれん」

そう切り出し、大川端の道を、男が女の子を無理やり連れて歩くと人目を引くと言い添えた。

「やはり舟を使ったんだ！　男が、女の子を猪牙舟に乗せて、大川を下っていくのを目にしたやつがいたぜ」

権助が身を乗り出して言った。

「それで、舟に乗っていたのは、何人だ」

彦次が権助に訊いた。他の男たちも権助に目をむけている。

「男がふたり。それに、女の子がひとり」

権助が言った。

「舟に乗っていたのは、どんな男だった」

「ひとりは腰切半纏《こしきりばんてん》に股引《ももひき》姿で、もうひとりは遊び人のように見えたそうだ」

「そのふたりだな、おせんを攫ったのは……。おそらく、おせんを長屋近くから連れ去り、仙台堀の桟橋か、船寄《ふなよせ》にとめてあった舟に乗せて、大川に出たんだ」

彦次が言うと、

「大川を川下にむかったとすると、行き先は深川か川向こうの八丁堀方面だな」

権助が、虚空を睨《にら》むように見据えて言った。

翌日、彦次は「仕事に行く」と言って、腰切半纏に黒股引姿で道具箱を担ぎ、屋根葺き職人の恰好で、ひとり家を出た。

彦次は、女児を連れ去った男たちが許せなかった。女衒《ぜげん》が暮らしに困っている親から女児を安く買い取ったり、ときには攫ったりして、吉原や女郎屋に売るのとは訳がちがう。ふたりの男が、舟まで用意して女児を連れ去ったのだ。

……人攫いの背後には、大物がいる。

と、彦次はみた。そして、このままにしておくと、さらに女児の誘拐がつづくだろう。

彦次は、おきくを長屋の外に出せなくなる、と思った。

彦次は昨日と同じように仙台堀沿いの道を西にむかい、大川端に出た。そして、上ノ橋を渡って川下にむかった。

彦次は、道沿いにあった漁師らしい家の脇の細い道に入った。そこは寂しい路地で、雑草に覆われた空き地や笹藪《ささやぶ》などが目についた。道沿いの人家はすくなく、通りかかる人の姿もあまりなかった。

彦次は細い道をいっとき歩き、朽ちかけた古い小屋の前で足をとめた。そして、入口の板戸をあけた。

小屋のなかには、漁師の古い漁具や竹竿《たけざお》、壊れた木箱などが積んであったが、長く放置されたままらしい。いまはどれも使えなくなり、埃《ほこり》を被《かぶ》っている。持ち主も知れないようだ。

彦次は辺りに人がいないのを確かめてから、小屋に入った。そして、担いできた道具箱を脇に置き、隅に積んであった木箱を取り出した。木箱のなかには、風呂敷に包んだ小袖《こそで》と帯が入っていた。他の箱には、別の衣類もあった。彦次は変装用の衣類や持ち物をひそかに隠しておいたのだ。

彦次は、仕事場ではなく、変装して別の場所に出かけることがあった。長屋の住人はむろんのこと、女房のおゆきさえ知らない。

彦次は、いまでこそ屋根葺きの仕事をしているが、以前は飛猿《とびざる》と呼ばれる盗人《ぬすっと》だった。身軽で耳がよく、他の者には聞こえないような音でも聞き取ることができた。出入りするのが難しいような狭い場所からでも侵入し、細い針金を鍵穴に差し込んで錠を開けることもできる。

彦次は、大店《おおだな》に入ることが多かった。そして、内蔵や土蔵を破って金を奪った。ただ、彦次は千両箱があっても持ち去ることはなく、三十両ほどしか手をつけなかった。長屋暮らしをするのに大金はいらなかったからだ。

それに、彦次は侵入した店の帳場や内蔵のそばに、紙を一枚置いてきた。紙には、七福神の乗った宝船の絵が描かれていた。正月に宝船売りが、「お宝ァ、お宝ァ」と言って売り歩く縁起物である。

そうしたことがあって、盗みに入られた店は、店に侵入して金を奪った盗人を恨まなかった。それどころか、盗みに入られた店の主人のなかには、喜ぶ者さえいた。大店にすれば、三十両は、わずかな金だった。それほどの痛手ではない。その三十両と引き換えに、店が繁盛する縁起物が置かれていたのだ。

盗みに入られた店のなかには、帳場の脇に盗人が残した宝船の絵を張って、さらなる商売繁盛を願う店さえあった。

ただ、ちかごろ、彦次は飛猿として盗みに入ることはなくなっていた。娘のおくが大きくなったこともあるし、実際に屋根葺きの仕事をして、そこそこの金を手にするようになったからだ。

彦次は、着てきた腰切半纏と黒股引を脱いで小袖に着替え、懐《ふところ》に手ぬぐいを入れた。必要なときは、手ぬぐいで頰《ほ》っかむりして顔を隠すのだ。

彦次が着替えたのは、飛猿として盗みに入るためではなく、深川熊井町《くまいまち》にある古着屋に行き、店の親爺《おやじ》の弥平《やへい》に、おせんを連れ去った人攫い一味のことを訊くためである。

弥平は年寄りだった。若いころ、彦次と同じように独りで盗みに入っていた。ところが、歳《とし》をとって動きが鈍くなり、盗人をやめて古着屋を始めたのだ。

4

彦次は、大川端の道をさらに川下にむかって歩いた。

佐賀町《さがちょう》をしばらく歩くと、大川にかかる永代橋のたもとに出た。永代橋のたもとには、様々な身分の人たちが行き交っていた。

彦次は賑《にぎ》やかな橋のたもとを通り過ぎ、相川町《あいかわちょう》を経て熊井町に入った。そこまで行くと、急に人の姿がすくなくなった。深川の富ヶ岡八幡宮《とみがおかはちまんぐう》につづく道の入口を通り過ぎ、参詣《さんけい》客や遊山《ゆさん》客がいなくなったからである。

……この辺りだったな。

彦次は、道沿いにある店に目をやりながら歩いた。

熊井町に入っていっとき歩いたとき、彦次は古着屋に目をとめた。弥平のやっている古着屋である。小体《こてい》な古着屋で、ひっそりとしていた。

彦次は古着屋の前に立ち、店のなかを覗《のぞ》いてみた。土間があり、その土間の天井近くに竹竿が渡してあった。そこに、多くの古着が吊《つる》してあった。汗と黴《かび》の臭《にお》いがする。

店内に客の姿はなかった。店の奥の小座敷に年寄りがひとり座っていた。弥平である。弥平は膝《ひざ》先《さき》に着物を広げて見ていた。古着の品定めをしているのかもしれない。

彦次は奥の小座敷に近付いた。すると、弥平は店の方に顔をむけて、

「いらっしゃい」

と、声をかけた。彦次のことを客と思ったらしい。

彦次は小座敷に近寄り、

「とっつァん、おれだよ。彦次だ」

彦次は、小座敷のそばに立って弥平に声をかけた。

弥平は彦次に目をむけ、

「なんでえ、彦次かい」

と、愛想笑いを消して言った。

「ちょいと、訊きてえことがあってな」

「まァ、そこに腰を下ろしな」

弥平は、小座敷に手をむけた。

彦次は小座敷の端に腰を下ろすと、

「とっつァんは、女衒とはちがう人攫い一味がいることを耳にしたことがあるかい」

と、小声で訊いた。

「女衒じゃァねえのかい」

「ちがう。おれがみたところ、一味には何人もいるようだ。それに、娘を攫うために、舟まで使ってる」

「舟で、攫った娘を連れていくのか」

「そうだ。その舟を目にしたやつもいるんで、間違《まちげ》えねえ」

彦次が、はっきりと言った。

弥平はいっとき口を閉じていたが、

「この店には、盗人で足を洗った男が来ることもあるが、人攫いは来ねえなァ」

と、首を捻《ひね》って言った。

「おれは、本所《ほんじょ》か深川に塒《ねぐら》があるやつらとみているが、この店には来ねえかい。……昔、盗人で、いま人攫いをしてるのかもしれねえ」

「人攫いなァ」

弥平は首を傾げていたが、

「そういえば、猪之助《いのすけ》が、盗人より餓鬼の方が金になると話していたな」

と、つぶやくような声で言った。

「猪之助の塒はどこだい」

彦次が、身を乗り出して訊いた。

「ここから二町ほど川下にむかうと、道沿いに一膳めし屋がある。その店の脇に古い借家があってな、そこに情婦《いろ》と一緒に住んでるはずだ」

「猪之助は遊び人かい」

「昔、盗人だったらしいがな。いまは足を洗っているようだ」

「行ってみるか」

彦次は懐から巾着《きんちゃく》を取り出し、一分銀《いちぶぎん》をひとつ取り出すと、

「とっといてくれ」

そう言って、弥平の手に握らせてやった。

「すまねえなァ」

弥平は目を糸のように細めて、愛想笑いを浮かべた。

彦次は古着屋を出ると、川下にむかった。弥平が言ったとおり、二町ほど歩くと、道沿いに一膳めし屋があった。

「あの家だな」

彦次は、一膳めし屋の脇に仕舞屋があるのを目にした。借家らしい古い家である。

彦次は古い家の脇まで行って足をとめた。そして、路傍に立って耳を澄ました。

……だれかいる！

家のなかから話し声が聞こえた。男と女の声である。

いのさん、と呼ぶ女の声と、おのぶ、と呼ぶ男の声が聞こえた。猪之助とおのぶという女がいるらしい。おそらく女は猪之助の情婦だろう。

彦次は、猪之助の身辺を探ってみようと思った。猪之助が人攫いの一味なら、仲間と接触するはずである。攫われたおせんの居所がつかめるかもしれない。

彦次は、通り沿いで枝葉を茂らせていた灌木《かんぼく》の陰に身を隠して、猪之助が家から出てくるのを待った。

猪之助はなかなか姿を見せなかった。彦次が身を隠して、一刻《いっとき》（二時間）ほど経《た》ったろうか。

家の入口の板戸があいて、遊び人ふうの男と年増が出てきた。男は年増になにやら声をかけ、戸口から離れた。男は猪之助らしい。

年増は猪之助に目をやっていたが、猪之助が遠ざかると、踵《きびす》を返して家に入ってしまった。

彦次は猪之助の跡を尾《つ》けた。猪之助は、通りを相川町の方へむかって歩いていく。

猪之助はいっとき歩き、道沿いにあったそば屋に入った。遅い昼めしでも食いに来たか、一杯やりに来たかである。

彦次は、通り沿いにあった下駄屋の脇に身を隠した。猪之助が店から出てくるのを待つつもりだった。

猪之助は、なかなかそば屋から出てこなかった。一杯やっているのかもしれない。

陽《ひ》が西の空にまわり、家の軒下や樹陰が淡い夕闇に染まるようになったころ、猪之助が姿を見せた。

猪之助はそば屋の店先で通りの左右に目をやった後、来た道を引き返し、一膳めし屋の脇の借家に入った。

彦次は、足音を忍ばせて借家の戸口に近付いた。すると、猪之助とおのぶの声が聞こえてきた。はっきり聞き取れなかったが、猪之助がそば屋の親爺のことを話しているようだった。

彦次は猪之助とおのぶのやり取りを耳にし、

……猪之助は、借家に泊まる。

とみて、その場を離れた。今日のところは、このまま長屋に帰るつもりだった。

5

彦次は熊井町に出かけた翌朝、昨日と同様「仕事に行く」とだけ言って、庄兵衛店を出た。

彦次は熊井町にむかう途中、ふたたび衣類を隠してある小屋に立ち寄って小袖に着替え、猪之助の情婦の住む借家にむかった。猪之助も借家にいるはずである。

彦次は借家の近くまで来ると、昨日と同じように灌木の陰に身を隠し、借家に目をやった。

借家は昨日と変わりなかったが、妙に静かだった。耳のいい彦次にも、家のなかの話し声が聞こえない。彦次は、家のなかにだれもいないのかもしれないと思った。

そのとき、かすかに足音が聞こえた。廊下を歩くような音である。その足音につづいて、障子を開け閉めするような音がした。

彦次は、その足音から女であることが分かった。おそらく、猪之助の情婦のおのぶであろう。

おのぶは座敷で何かしているらしいが、物音はまったく聞こえなくなった。

彦次は灌木の陰から出ると、借家の戸口に足をむけた。念のため、家のなかを探ってみようと思ったのだ。

彦次は戸口に近付いた後、家の脇にまわった。戸口近くだと、通りを行き来する人の目にとまるからだ。

彦次は家の脇の板壁に身を寄せて、聞き耳をたてた。耳のいい彦次には、家のなかのちいさな音も聞き取れる。

家のなかで、畳の上を歩くような足音がした。やはり昨日、目にした情婦のおのぶにちがいない。

家のなかから、他の物音は聞こえなかった。女の他に、人のいる気配がない。猪之助は、今朝早く出たのかもしれない。

猪之助は家にいない、と彦次は確信し、その場から離れ、家の前の通りにもどった。

彦次は、猪之助のことを近所で聞き込んでみよう、と思った。猪之助が人攫いのひとりかどうか、はっきりさせたかったのだ。

彦次は、昨日、猪之助が道沿いにあるそば屋に立ち寄ったことを思い出した。そば屋の小女《こおんな》にでも猪之助のことを訊けば、何か知れるだろう。

彦次はそば屋の暖簾を分けて、店に入った。店内は思ったより広かった。土間に飯台が置いてあり、その先には小上がりがあった。

飯台には三人の客がいた。三人とも職人ふうだった。話しながらそばを食べていた。三人の会話から屋根葺きか左官らしいことが分かった。

小上がりには、旅人ふうの男がふたりいた。脇に菅笠《すげがさ》が置いてある。ふたりとも陽に焼けた浅黒い顔をしていた。富ヶ岡八幡宮に、参詣のために立ち寄った帰りかもしれない。

彦次は空いていた飯台を前にし、腰掛け代わりに置いてある空き樽に腰を下ろした。すると、小女が近付いてきた。

「そばを頼む」

彦次はそばを注文した後、

「ちっと、訊きてえことがあるんだがな」

と、声をひそめて言った。

「何ですか」

　小女も小声になった。

「昨日ここに、猪之助という男が来なかったか」

　彦次は、猪之助の名を出した。

「来ましたけど……」

　小女の顔に警戒の色が浮いた。猪之助が、何か悪いことでもしている、と思ったのだろうか。

「いや、猪之助とは、昔遊んだ仲でな。久し振りに訪ねてきたんだが、この先の家にいねえんだ。一緒に住んでいる女に訊いたんだが、行き先は分からねえ。……女が、猪之助はそば屋によく行くと話したんでな。それで来てみたんだ」

　彦次が、もっともらしく言った。

「そう言われても……」

　小女は、首を捻った。

「ところで、猪之助が子を連れて歩いているのを見たことはねえか」

　彦次は急に声をひそめた。情婦の住む家に、攫った子を連れてきたことがあるかもしれない、と思ったのだ。

「見たことないです。猪之助さん、まだ子はいないみたい」

小女はそう言って、その場を離れたいような素振りを見せた。客と話しすぎたと思ったのだろう。

彦次が口を閉じていると、

「おそばでしたね」

小女はそう念を押し、彦次から離れた。

彦次はそばを食べ終えて店を出ると、猪之助の住む借家にふたたび足をむけた。念のため、猪之助がもどっているか確かめようと思ったのだ。

彦次は、おのぶと猪之助の住む借家のそばまで来ると、路傍に立って聞き耳をたてた。家のなかから、かすかに物音が聞こえた。障子を開け閉めするような音である。

……おのぶだな。

彦次は胸の内でつぶやいた。

他は、物音も話し声も聞こえなかった。家のなかはひっそりとしている。

彦次は家のなかの様子を探ってみようと思い、先程と同じように家の脇にまわった。そして、板壁に身を寄せた。そこは、そば屋に行く前、家のなかの様子を探った場所である。

かすかに茶をすするような音がした、他に人声も物音も聞こえなかった。おのぶがひとりで茶を飲んでいるらしい。

彦次は、物音をたてないように板壁のそばから離れた。

通りにもどった彦次は、借家の前の通りを佐賀町の方にむかった。今日のところは、長屋に帰ろう、と思ったのだ。

6

彦次が深川、熊井町に出かけた翌朝、朝めしを食べ終えた後、座敷でくつろいでいると、戸口に近付いてくる下駄の音がした。

下駄の音は戸口でとまり、腰高障子があいた。姿を見せたのは、後藤玄沢《ごとうげんたく》だった。

「彦次、いたな」

玄沢は彦次の顔を見るなり言った。

玄沢は、彦次と同じ長屋に住む牢人《ろうにん》だった。還暦に近い年寄りで、独り暮らしである。玄沢は目が大きく、浅黒い顔をしていた。独り暮らしのせいもあって、身装《みなり》はかまわず、汚れた小袖も平気で着ていた。髷も結わずに、総髪を垂らしている。

玄沢の生業《なりわい》は、刀の研師《とぎし》だった。長屋の座敷が仕事場である。

玄沢は、部屋にいるおゆきとおきくに目をやり、

「彦次、わしの家に来ないか、訊きたいことがあるのだ」

と言った。どうやら、おゆきとおきくには、聞かせたくない話らしい。

「ちょうどいい。今日は仕事の都合で、家にいるつもりだったんでさァ」

彦次はそう言って腰を上げると、おゆきとおきくに目をやり、

「玄沢さんの家に行ってくる」

と言って、立ち上がった。

長屋は南北に三棟並んでいたが、玄沢の家は南側の棟にあった。玄沢は家の前まで来ると、足をとめ、

「入ってくれ」

と言って、腰高障子をあけた。

土間の先の座敷の一角が刀の研ぎ場になっていた。そこは板張りで、研ぎ桶《おけ》やいくつもの砥石《といし》が置いてあった。その研ぎ場の脇に刀掛けがあり、何本もの刀身が立て掛けてあった。いずれも、研いだ後らしく青白くひかっている。

彦次が座敷に上がって腰を下ろすと、土間にいた玄沢が、

「彦次、酒を飲むか」

と訊いた。玄沢は酒好きだった。

「いただきやす」

すぐに彦次が言った。彦次も酒は嫌いではない。

玄沢は、流し場にあった湯飲みと貧乏徳利を手にして座敷に上がった。そして、彦次のそばに腰を下ろすと、彦次の膝先に湯飲みを置き、酒を注《つ》いでくれた。つづけて、玄沢は自分の湯飲みにも注ぎ、

「飲んでくれ」

と声をかけ、自分の湯飲みを手にした。

「いただきやす」

そう言って、彦次は湯飲みをかたむけた。旨かった。酒がはらわたに染み透る。

ふたりはいっとき、酒を飲んだ後、

「彦次、ちかごろ長屋を出ることが多いが、元吉の娘のおせんを攫った者たちを追っているのか」

と、玄沢が訊いた。顔がひきしまっている。

どうやら、玄沢は彦次が人攫い一味を探っているとみて、様子を訊くために家に呼んだらしい。

玄沢は、彦次が飛猿と呼ばれる盗人だったことも、いまは盗人から足を洗い、ひそかに長屋の者たちの難事に当たり、陰で助けてやっていることも知っていた。

数年前、彦次が飛猿と呼ばれる盗人だったころ、彦次は房造《ふさぞう》という老齢の岡っ引きに、長屋近くまで跡を尾けられたことがあった。房造は、彦次が飛猿ではないかと目をつけていたらしい。

このとき、たまたま玄沢が通りかかり、酔ったふりをして房造に絡み、彦次を逃がしてやった。

別の日、彦次が飲み屋に入り、ひとりで飲んでいたとき、たまたま近くで飲んでいた盗人らしい男が彦次のことを、「飛猿じゃねえのか」と口にしたことがあった。

そのとき、近くで飲んでいた玄沢が、「わしの弟子に因縁をつける気か」と言って、男を飲み屋から追い出した。

そうした経緯《いきさつ》があって、玄沢は彦次が、飛猿と呼ばれる盗人であることを知ったが、そのことはおくびにも出さなかった。親しい長屋の住人として付き合っている。

「何とか、攫われたおせんを親の許《もと》に帰《けえ》してやりてえと思って、監禁されている場所を探してるんでさァ」

彦次が言った。

「女衒では、ないのか」

玄沢が訊いた。

「それが、女衒じゃァねえんで」

「ちがうのか」

「へい、人攫い一味は何人もいるようでしてね。舟まで使って、攫った娘を連れ去ったようなんで」

「人攫い一味は何人もいるのか」

「そうでさァ。……あっしは、おせん一人でなく、これから娘が何人も攫われるとみていやす」

「放っておけないな」

玄沢の顔が、引き締まった。

「何とかして人攫い一味をつきとめて、あっしらの手で始末するか、八丁堀の旦那に、お縄にしてもらうかしてえ」

「それで、長屋を出て一味を探っているのか」

「そうでさァ」

「わしも手を貸そう」

「有り難《がて》え。旦那が手を貸してくれれば鬼に金棒だ」

そう言って、彦次は湯飲みの酒を飲み干した。

「今日も、これから出かけるのか」

玄沢が訊いた。

「へい」

「出かけるなら、酒はこれまでだな」

玄沢は、湯飲みの酒を一気に飲み干した。

7

彦次と玄沢は長屋を出ると、仙台堀沿いの道を経て大川端の通りに出た。彦次は玄沢を連れて、熊井町に行くつもりだった。

彦次は、昨日のように衣類を隠している小屋に立ち寄らなかった。玄沢がいたせいではない。玄沢は彦次が小屋に衣類を隠していることを知っていたので、隠す必要はなかった。彦次は、昨日とちがう身仕度の方が猪之助の住む借家近くの住人の目にとまらない、とみたのだ。

彦次たちは熊井町に入り、猪之助の住む借家の近くまで来ると、路傍に足をとめた。

「旦那、あれが猪之助の情婦《いろ》の住む家でさァ」

彦次が指差して言った。

「猪之助は、いるかな」

「あっしが見てきやす。旦那はここにいてくだせえ」

彦次はそう言い残し、ひとりで借家にむかった。

彦次は借家の前まで来ると、路傍に足をとめて耳を澄ました。家のなかから水を使う音が聞こえた。だれか流し場にいるらしい。

彦次は、猪之助が家にいるかどうか確かめようと思い、戸口近くまで行ってみた。やはり水を使う音しか聞こえない。

念のため、彦次は昨日と同じように家の脇にまわり、板壁に身を寄せて聞き耳をたてた。水の音だけでなく、瀬戸物の触れ合うような音がした。流し場で洗い物でもしているらしい。おそらくおのぶであろう。

家のなかで、他の物音はしなかった。流し場の他に、人のいる気配はない。

……猪之助は、いないようだ。

彦次はその場から離れ、玄沢のそばにもどった。

「猪之助はいやせん」

彦次ははっきりと言った。

「どうする」

玄沢が訊いた。

「せっかくここまで来たんだ。あっしが家にいるおのぶに、それとなく訊いてみやしょうか」

彦次が借家に目をやって言った。

「おい、そんなことができるのか」

玄沢が驚いたような顔をした。

「あっしは若《わけ》えころ、盗みに入《へえ》る前に、狙った店を色々探ったんでさァ。それと知れねえように聞き出しやすよ」

彦次はそう言って、ふたたび借家に足をむけた。

玄沢は、彦次との間をとって後ろからついてくる。

彦次は借家の前に足をとめ、

「旦那は、近くに身を隠していてくだせえ」

と言い残し、借家の戸口に足をむけた。

玄沢は通りの左右に目をやり、路傍で枝葉を茂らせていた灌木の陰にまわった。

そこは、昨日と一昨日、彦次が身を隠して借家を見張った樹陰である。

彦次は借家の戸口まで行くと、入口の板戸に手をかけ、すこしだけあけた。そして、家のなかを覗き、近くに誰もいないのを確かめてから、

「猪之助兄い、いやすか」

と、声をかけた。

すると、家の裏手から聞こえていた水を使う音がやみ、「いま、行きます」というおのぶの声がした。そして、畳を踏む足音がし、障子があいて年増が顔を出した。

「おのぶさんですかい」

すぐに彦次が訊いた。

「そうですけど。……どなたですか」

おのぶが不審そうな顔をして彦次を見た。初めて顔を合わせた男だからだろう。

「あっしは、猪之助兄いに世話になっている弥助《やすけ》でさァ」

彦次は、咄嗟《とっさ》に頭に浮かんだ偽名を口にした。

「弥助ねえ」

おのぶは首を捻った。聞いたことがない名だったのだろう。

「猪之助兄いに、用があって来やした」

彦次が声を大きくして言った。

「あのひと、いないんですよ」

おのぶが小声で言った。

「どこへ行きやした」

すぐに彦次が訊いた。猪之助が家にいないことは分かっていた。知りたいのは猪之助の行き先である。

「八幡様の近くに行く、と言ってたけど」

おのぶは首を捻った。はっきりしないのだろう。

「八幡様近くの何処へ行く、と言ってたんです」

さらに彦次が訊いた。富ヶ岡八幡宮の近くというだけでは行き先をつかむことはできない。

「確か、一ノ鳥居の近くの料理屋だったか、料理茶屋だったか……」

「店の名は分かりやすか」

一ノ鳥居の先の八幡宮の門前通りは、参詣客や遊山客が行き交い、料理屋、料理茶屋、それに女郎屋などがあることで知られた繁華街である。店の名が分からないと、つきとめるのはむずかしい。

「聞いてないけど」

そう言って、おのぶは家のなかにもどりたいような素振りを見せた。

「猪之助兄いは、ここに帰《けえ》ってきやすか」

彦次が訊いた。

「帰ってきますよ」

「また、二、三日したら来てみます」

彦次は、その場を離れた。

8

彦次は玄沢が身を潜めている場所に行き、

「猪之助は八幡様の近くに出かけていやす」

そう言い、行き先がはっきりしないことを話した。

「出直すか」

玄沢は渋い顔をした。せっかく、ここまで出かけてきたのに、猪之助がいなければ、おせんの居所を突き止める手掛かりも得られない。

彦次と玄沢は来た道を引き返した。そして、長屋の路地木戸を入ると、井戸端で話しているおゆきとおしげの姿が見えた。

おゆきが、彦次たちの姿を目にし、小走りに近付いてきた。おしげも、後ろからついてくる。

「おまえさん、御用聞きが来ましたよ」

おゆきが昂《たかぶ》った声で言った。

「長屋に来たのか」

彦次が訊いた。

おせんが攫われたことは長屋の住人しか知らないはずだ。騒ぎ立てると、おせんの命が危ないので、住人たちには口外しないように話してある。もっとも、彦次や権助たちが、長屋の者に話しただけなので、他の者から岡っ引きの耳に入っても仕方がない。

「八吉《やきち》さんなの」

おゆきが言った。

「八吉さんか」

彦次の顔に、苦笑いが浮いた。

八吉は、庄兵衛店近くに住んでいる岡っ引きだった。仙台堀の近くに縄暖簾を出す仙台屋《せんだいや》という飲み屋もやっている。仙台堀沿いに店があったので、仙台屋という店名にしたらしい。

ふだん、仙台屋は女房のおあきが店の切り盛りをしており、八吉は捕物にかかわっていないときに、店を手伝うだけである。

八吉は岡っ引きらしくないひょうきんな男で、ときどき剽《ひょう》げたことを口にする。

「それで、八吉さんは攫われたおせんのことで来たのか」

彦次の顔から苦笑いが消えた。

「そうみたい。長屋の人に話を訊いてましたよ」

「八吉さんは、おせんが攫われたことを耳にしたようだな」

彦次が言うと、

「どうだ、八吉に話を聞いてみないか。わしらが知らないことをつかんでいるかもしれんぞ」

玄沢が、目をひからせて言った。

「行きやすか」

彦次は脇にいるおゆきに、「玄沢さんと、出かけてくる」と言って、路地木戸の方に足をむけた。

路地木戸から仙台堀沿いの道に出ると、玄沢が彦次に身を寄せ、

「彦次、一杯やろう」

と、目尻を下げて言った。どうやら、玄沢は八吉の店で一杯やるのが狙《ねら》いらしい。

「やりやしょう」

彦次の顔にも笑みが浮いている。

仙台堀沿いの道を大川とは反対方向に二町ほど歩くと、前方に仙台屋が見えてきた。店先に縄暖簾が出ている。

客はいないのか、店内はひっそりとしていた。彦次と玄沢は、縄暖簾をくぐって店に入った。客の姿はなかった。右手の奥で水を使う音がした。板場で洗い物でもしているようだ。

「だれか、いねえか」

彦次が声をかけた。

すると、水を使う音がやみ、「すぐ、行きやす」と八吉の声がした。

右手の奥の板戸があき、八吉が顔を出した。

「玄沢の旦那と彦次かい」

八吉が、笑みを浮かべて言った。

「酒を頼む。肴《さかな》は、八吉にまかせる」

すぐに、玄沢が言った。

「漬物と冷《ひ》や奴《やっこ》で、いいですかい。今日はろくな肴しかねえんでさァ」

八吉が揉《も》み手をしながら訊いた。

「それでいい」

「すぐ、持ってきやす」

八吉は踵を返し、板場にもどった。

彦次と玄沢は、土間に置かれた飯台を前にし、腰掛け代わりの空き樽に腰を下ろした。いっときすると、八吉と女房のおあきが、姿を見せた。おあきはでっぷりとし、丸顔で目が細かった。おかめを思わせるような顔である。

ふたりは、持ってきた銚子《ちょうし》と猪口《ちょこ》、それに小皿の漬物と小鉢に入った冷や奴を飯台に置くと、踵を返して板場にもどろうとした。

「八吉、訊きたいことがあるのだ」

玄沢が呼び止めた。

八吉はその場にとどまり、おあきは、「おまえさん、板場にいるからね」と小声で言い、板戸をあけて板場に入ってしまった。

八吉は、彦次と玄沢が猪口に注いだ酒を飲むのを待ってから、

「攫われた娘のことですかい」

と、声をひそめて訊いた。彦次と玄沢にむけられた目に、腕利きの岡っ引きらしい鋭いひかりがあった。

「そうだ。わしらは何としても、攫われたおせんを親許《おやもと》に帰してやりたいと思ってな。人攫い一味を探っているのだが、なかなか尻尾《しっぽ》がつかめん。……長屋の者から、八吉が人攫い一味を探っているらしいと聞いて、来てみたのだ」

玄沢が声をひそめて言った。

「攫われたおせんのことで、何か知れたことはあるのか」

玄沢が訊いた。

「女衒の仕業じゃァねえ。人攫い一味は何人もいて、金を目当てに娘を攫っているようですぜ」

八吉が目をひからせて言った。やり手の岡っ引きらしい凄《すご》みのある顔付きである。

「それで、何か知れたのか」

「二月《ふたつき》ほど前、日本橋高砂町《たかさごちょう》にある呉服屋の娘が攫われやしてね。攫ってから半月ほどして、賊のひとりが密《ひそ》かに呉服屋にあらわれ、娘を二百両で買い戻さないか、と持ち掛けたらしいんで」

「それで、どうした」

玄沢が話の先を促した。

「店の主人は、男の言うことがにわかに信じられなかったので、先に百両渡し、残る百両は、娘を連れてきたときに渡すと話したそうで」

「商家の旦那らしい対応だな」

「男はそれでいい、と言い残し、百両を手にして帰った。その翌日、店が開く直前、まだ客のいないうちに、男は別の男とふたりで、攫った娘を店に連れてきたそうです」

「呉服屋は、残りの百両を男に渡したのだな」

「そうでさァ。男は連れてきた娘を親に返し、何もなかったことにしろ、と言い置いて、店を出た。……店側も、探索に当たっていたあっしらに、娘が帰ってきたことを話しただけで、詳しいことは口にしなかった」

八吉は口を閉じると、虚空を睨むように見据えた。岡っ引きとしては、人攫いにうまくやられた、との思いがあるのだろう。

彦次は黙って、八吉の話を聞いていたが、

「腑《ふ》に落ちないことがある」

と、つぶやくような声で言った。

「いま、八吉親分が話したようなことは、相手が金持ちの呉服屋だったからできたことでさァ。……攫われたおせんは、長屋に住む左官の娘ですぜ。百両はおろか、十両だって出せねえ」

彦次が、八吉に目をやって言った。

「あっしも、彦次と同じことを思いやしてね。庄兵衛店に行って、攫われたおせんのことを訊いたんでさァ」

「それで」

玄沢が、話の先をうながした。

「攫われたおせんは七つ。色白の可愛い娘だと聞きやした。人攫い一味の狙いは、親から身の代金をとるんじゃァなくて、おせんを禿《かむろ》にでもするつもりで攫ったんじゃァねえかと踏んだんで」

八吉が、語気を強くして言った。

彦次と玄沢は、虚空を睨むように見据えている。

第二章　攻防

1

「彦次、どうする」

玄沢が彦次に訊いた。

ふたりがいるのは、長屋の玄沢の家だった。八吉から話を聞いた後、彦次は玄沢の家に立ち寄ったのだ。

「八吉親分の話でも、人攫い一味はひとりやふたりではないようだ。それに、おせんを攫うときに舟まで使っている」

彦次が言った。

「一味の頭《かしら》は何人もの子分を使い、まだ子供ともいえる娘を攫って、金儲《かねもう》けをしているようだ」

玄沢はいつになく険しい顔をして、「許せん。何としても、わしらの手で人攫い一味を捕らえてくれる」と言い添えた。

「旦那、一味のことをつきとめる糸口は、いまのところ猪之助だけですぜ」

「猪之助を押さえて口を割らせるか」

「明日にも、熊井町に行ってみやすか」

「借家に帰っているかな」

「猪之助が寝泊まりするのは、おのぶの住む家の他にねえはずでさァ。仲間の家で過ごすことがあっても、三日も四日も熊井町の家をあけることはねえ」

「よし、明日にも熊井町に行ってみよう」

玄沢はそう言った後、思案するような顔をして口を結んでいたが、

「彦次、八吉も連れていくか」

と、彦次に目をやって言った。

「八吉親分を、ですかい」

彦次は、戸惑うような顔をした。いまは盗人から足を洗っているとはいえ、彦次は飛猿と呼ばれた盗人だったことがある。やはり、岡っ引きには、気が引けるよう

だ。

彦次が口をつぐんでいると、

「彦次、おまえは盗人ではない。女房子供のいる屋根葺きだぞ」

玄沢が、彦次に目をやって言った。

「旦那が、八吉親分に話してくれますかい」

「わしが話す」

「三人で、行きやしょう」

彦次も、八吉にくわわってもらった方がいいと思った。

おそらく、人攫い一味の親分には何人もの子分がいる。一味の正体が知れ、居所をつかんだとしても、彦次と玄沢だけではどうにもならない。八丁堀同心に乗り出してもらい、一味を捕らえるしかないだろう。それには、八丁堀同心の配下でもある八吉のような御用聞きと一緒の方が都合がいい。

「明日の朝、八吉の店に立ち寄るか」

玄沢が彦次に目をやって言った。

翌朝、彦次はおゆき、おきくの三人で朝餉《あさげ》を食べると、

「玄沢さんと一緒に、出かけてくる」

と言って、立ち上がった。

おゆきは、彦次が屋根葺きの仕事には行かず、攫われたおせんを探し出して連れもどすために、玄沢と一緒に出かけていることを知っていた。

稼ぐことはできないが、これまでの蓄えが多少あり、暮らしに困るようなことはなかった。それで、おゆきは気持ちよく彦次を見送った。

彦次が玄沢の家に立ち寄ると、玄沢はめずらしく朝めしを食べ終え、出かける仕度をして待っていた。

「出かけやすか」

彦次は、土間に立って玄沢に声をかけた。

「行こう」

すぐに玄沢は腰を上げ、土間に出てきた。

彦次と玄沢は庄兵衛店を後にし、仙台堀沿いの道に出た。そして、ふたりは八吉の住む仙台屋の前まで来た。まだ、店先に縄暖簾は出ていなかった。

玄沢が、店の入口の腰高障子をあけた。店内に人影はなかったが、板場で水を使う音がした。八吉とおあきが、客に出す肴の仕度でもしているのだろう。

「八吉、いるか」

玄沢が声をかけた。

すると右手の板戸があき、八吉が顔を出した。

「どうしやした、忘れ物でもしやしたか」

八吉が、濡《ぬ》れた手を首にかけた手ぬぐいで拭《ふ》きながら訊いた。

「ちがう。わしらは、攫われた長屋の子を助け出そうと思って探っているうちに、人攫いの一味らしい男の居所を突き止めたのだ」

玄沢が言った。

「旦那たちが、突き止めたんですかい」

八吉が、驚いたような顔をした。

「はっきりしないが、その男は人攫い一味とかかわりがあるとみている」

「その男の塒が分かってるんですかい」

八吉が、念を押すように訊いた。

「分かっている。家にいないときも多いがな」

玄沢はそう言った後、

「八吉の手を貸してもらいたい。わしと彦次だけでは荷が重い」

と、言い添えた。

玄沢のそばに立っていた彦次は黙ってうなずいた。

「手を貸すも何も、あっしはずっと人攫い一味を追ってたんでさァ。……あっしだけじゃァねえ。何人もの御用聞きが、一味の尻尾をつかむために探っていやす」

八吉が、語気を強くして言った。

「これから、一味のひとりと思《おぼ》しき隠れ家に行くつもりだが、八吉も一緒に来てくれるか」

そう言って、玄沢が八吉に目をやった。

「行きやす！」

八吉が声高に言った。

彦次と玄沢は、八吉が出かける仕度をするのを待ち、三人で店を出た。三人がむかった先は、熊井町の猪之助とおのぶの住む家である。

2

彦次たち三人は大川端の道に出ると、川下に足をむけた。穏やかな晴天のせいか、猪牙舟、茶船、屋形船などが大川の川面をゆったりと行き交っていた。のどかな景観である。

彦次たちは賑やかな永代橋のたもとを過ぎ、さらに川下にむかった。そして、相川町を経て熊井町に入った。

前方に猪之助の住む借家が見えてきたところで、彦次たちは足をとめた。

「あれが猪之助の情婦《いろ》の住む家ですぜ」

彦次が借家を指差した。

「猪之助はいるかな」

玄沢が言った。

そのとき、彦次は、借家と通りを隔てた斜向かいの樹陰に人影があるのを目にした。武士ではない。小袖を裾高《すそだか》に尻《しり》っ端《ぱしょ》折りし、黒股引姿だった。男は、猪之助の住む借家に目をやっている。

「さ、定次郎《さだじろう》だ!」

八吉が、驚いたような顔をして言った。

「知っている男か」

玄沢が訊いた。

「あっしと同じ御用聞きでさァ」

八吉によると、定次郎は、八吉とは別の八丁堀同心から手札を貰っている男だという。

「定次郎という男も、猪之助を追っているようだ」

玄沢が言った。

「どうしやす」

彦次が、玄沢と八吉に目をやって訊いた。

「わしらも、すこし様子を見るか」

玄沢は、「この近くに、身を隠そう」と言い添えた。

彦次、玄沢、八吉の三人は、猪之助の情婦のおのぶの住む家からすこし離れた路傍の樹陰に身を隠した。

彦次たちが樹陰に身を隠して、半刻（一時間）も経ったろうか。家の表戸があき、女がひとり出てきた。おのぶである。

おのぶは戸口に立って通りの左右に目をやってから、その場を離れた。おのぶは、永代橋の方へむかって歩いていく。

おのぶが家から半町ほど離れたとき、定次郎が樹陰から出ておのぶの跡を尾け始めた。定次郎は物陰に身を隠したりせず、通行人を装っておのぶを尾けていく。

「あっしも、おのぶを尾けてみやす」

八吉が、「定次郎を尾けやす」と言い添えた。定次郎を尾ければ、その前にいるおのぶの行き先も、つきとめられるとみたようだ。

八吉がその場を離れると、彦次と玄沢も樹陰から出た。そして、おのぶの家の戸口に近付いた。ふたりは、おのぶの家に猪之助がいるかどうか、確かめようと思ったのだ。

彦次と玄沢は、近くに通行人の姿がないのを確かめてから、家の入口の板戸に身を寄せた。

……だれもいない！

すぐに彦次は察知した。家のなかは、ひっそりとして物音ひとつしなかった。人のいる気配がない。

「だれもいないようだ」

彦次が言った。

「どうする」

玄沢が彦次に訊いた。

「八吉親分が、もどるのを待ちやしょう」

彦次が言い、ふたりは、先程まで身を隠していた樹陰にもどった。

それから、半刻（一時間）ほど経ったろうか。通りの先に、おのぶの姿が見えた。

おのぶは、風呂敷包みを手にしていた。その包みの脇から、草色の細い物が何本か見えた。葱《ねぎ》らしい。どうやら、おのぶは八百屋に行って野菜を買ったようだ。夕餉の仕度でもするつもりらしい。

おのぶの後方に八吉の姿があった。どういうわけか、おのぶの跡を尾けていった定次郎の姿がない。

おのぶは家の前まで行くと、左右に目をやって近くにだれもいないのを確かめてから、板戸をあけて家に入った。

八吉はおのぶの家の近くまで行くと、路傍に足をとめた。そして、樹陰にいる彦次と玄沢のそばに来た。

「おのぶは、八百屋に野菜を買いに行ったようだな」

玄沢が言った。

「そうでさァ」

八吉は、おのぶの家の戸口に目をやっている。

「おのぶの跡を尾けていた定次郎は、どうした」

さらに、玄沢が八吉に訊いた。

「定次郎は、おのぶが八百屋の店先に立って買い物を始めると、これ以上おのぶを尾けても無駄だと思ったらしく、通行人に紛れて永代橋の方へもどりやした」

八吉はそう言った後、いっとき間を置いてから、

「ですが、気になることを目にしたんでさァ」

と、声をひそめて言った。

「気になることとは」

玄沢が訊いた。その場にいた彦次も八吉に目をやっている。

「近くにいた牢人体《てい》の武士と遊び人ふうの男が、定次郎を追うように歩きだしたんでさァ。あっしは、ふたりが定次郎の跡を尾けているとみやした」

「そのふたり、定次郎がおのぶの跡を尾けてきたと知って、跡を尾け始めたのではないか」

玄沢が身を乗り出すようにして言った。

「あっしも、そんな気がしやした」

「そのふたり、猪之助の仲間ではないか」

玄沢の声に昂った響きがあった。

「この家に目をつけた者がいることに気付いたのかもしれねえ」

彦次が言った。

それから、彦次たち三人は、一刻（二時間）ほど樹陰に身を隠して借家を見張ったが、猪之助は姿を見せなかった。おのぶも家に入ったままである。

「今日は伊《い》勢崎町《せざきちよう》に帰るか」

玄沢が言い、樹陰から出た。庄兵衛店は伊勢崎町にあったのだ。

彦次と八吉も、樹陰から通りに足をむけた。

彦次たち三人は永代橋の方へむかって歩いた。三人がおのぶのいる借家から一町ほども離れたろうか。

通り沿いの樹陰から、腰切半纏に黒股引姿の男が通りに出てきた。樹陰で彦次たちを見張っていたらしい。

男は通行人を装い、彦次たちの跡を尾けていく。

彦次たちは、永代橋に近付くにつれて行き交う人の姿が多くなったこともあって、尾行者に気付かなかった。

尾行者は彦次たちの姿が人込みに紛れると、踵を返した。そして、来た道を引き返していく。

3

翌朝、彦次は朝めしを食べ終えた後、玄沢の家に立ち寄った。玄沢は丼《どんぶり》で湯漬を食っていた。朝餉らしい。

彦次は上がり框《かまち》に腰を掛け、

「旦那、朝めしを炊いたんですかい」

と訊いた。

「いや、昨夜《ゆうべ》帰ってから炊いたのだ。……彦次は朝めしを食ってきたのか」

玄沢が箸をとめて訊いた。

「食べてきやした」

「彦次は、おゆきがめしの仕度をしてくれるからいい。わしは、朝めしも夕めしも自分で仕度せねばならぬ」

玄沢が苦笑いを浮かべて言った。

「旦那、女房をもらったらどうです。まだ若いし、旦那さえその気になれば、女はいくらでもいやすぜ」

「女房はいらぬ。わしひとりでも生きていくのが面倒なのに、ふたりだともっと大変だからな」

そう言って、玄沢は丼に残っためしを箸で掻《か》き込んだ。

玄沢はめしを食べ終え、手にした丼を流し場に置くと、

「彦次、行くか」

と声をかけた。

「行きやしょう」

彦次は腰を上げた。

彦次と玄沢は、仙台堀沿いにある仙台屋に立ち寄った。八吉も加わり、三人で大川端の道を川下にむかった。

三人は永代橋のたもとを過ぎ、相川町から熊井町に入った。そして、おのぶと猪之助の住む借家が見えてきたところで、路傍に足をとめた。

三人は、通り沿いの樹陰や借家の脇に目をやった。猪之助の仲間や岡っ引きの定次郎の姿がないか、探したのである。

「身を隠している者はいないようだ」

玄沢が言った。

「あっしが借家の様子を見てきやす。旦那たちは近くで待っててくだせえ」

そう言い残し、彦次は借家に足をむけた。

彦次は借家のそばまで行くと、辺りに人がいないのを確かめてから戸口に身を寄せた。

家のなかから床板を踏むような足音が聞こえた。ひっそりとして、他の音は聞こえなかった。

……家にいるのは、おのぶだけらしい。

彦次がつぶやいた。彦次はかすかな物音を聞き取ることができた。人一倍優れた聴力があったからこそ、飛猿と呼ばれた盗人としてやっていけたのだ。盗人から足を洗ったいまも聴力は衰えていなかった。

彦次はその場を離れ、玄沢と八吉のいる場にもどった。

「家にいるのは、おのぶだけですぜ」

彦次が言った。

「今日は定次郎も来てないな」

八吉が通りの左右に目をやって言った。通り沿いの物陰に、定次郎が身を隠していないか確かめたらしい。

「さて、どうする」

玄沢が彦次と八吉に目をやって訊いた。

「せっかくここまで来たんだ。近所で聞き込んでみやすか」

彦次が訊いた。

「そうだな」

「別々に、聞き込みやしょう」

彦次が言い、三人は、半刻（一時間）ほどしたら、その場にもどることにして別れた。

ひとりになった彦次は、近所の住人から話を聞いてみようと思った。彦次は来た道を引き返し、二町ほど歩くと、道沿いにあった下駄屋が目にとまった。店のなかに置かれた台に、赤や紫の鼻緒《はなお》をつけた下駄が並んでいた。客の姿はなく、店の親爺らしい男が下駄を並べ替えている。

彦次は親爺に近付き、

「ここに、店をひらいて長いのかい」

と、声をかけた。

親爺は、突然入ってきて声をかけた彦次に不審そうな目をむけたが、

「親の代から、ここで下駄屋をしてやす」

と、小声で言った。

「それなら知ってると思うが、この先に借家があるな」

彦次が指差して言った。

「ありやす」

「住んでいるのは、おのぶという女じゃねえか。……むかし、小料理屋で知り合った女とよく似ていてな」

彦次は、話を引き出すために適当な作り話を口にした。

「おのぶさんですよ」

親爺が薄笑いを浮かべた。

「やっぱりそうか。……情夫《いろ》が、一緒か」

「そうでさァ」

親爺が声をひそめて言った。

「何をしている男だ」

「昔のことは分からねえが、いまは船宿の船頭をやってると聞きやしたよ」

「船頭だと」

　彦次は、おせんが人攫い一味に舟に乗せられて連れ去られたことを思い出した。

「どこにある船宿だ」

　彦次が身を乗り出して訊いた。

「聞いてねえな」

　親爺は素っ気なく言うと、その場を離れたいような素振りを見せた。客でもない男と、話し込んでいるわけにはいかないと思ったようだ。

「手間をとらせたな」

　彦次は、下駄屋の店先から離れた。

　それから、彦次は道沿いにあった店に立ち寄って、おのぶと猪之助のことを訊いたが、新たなことは分からなかった。

4

　彦次が借家のそばにもどると、玄沢はすでに待っていたが、八吉の姿はなかった。

「これといったことは、つかめなかった」

玄沢が渋い顔をして言った。

そのとき、通りの先に八吉の姿が見えた。八吉は小走りに近付いてくる。

彦次は八吉が近付くのを待って、

「猪之助のことで気になることを耳にしやした」

と、切り出した。

すると、玄沢と八吉が彦次に顔をむけた。

「猪之助は、船宿の船頭だったことがあるそうですぜ」

「攫ったおせんを乗せた舟に、猪之助も乗っていたのかもしれんな」

玄沢が身を乗り出して言った。

「あっしも、そうみやした」

彦次が言った。

「猪之助は、人攫い一味のひとりとみていいな」

玄沢につづいて口をひらく者がなく、その場が沈黙につつまれたとき、

「あっしも、気になることを耳にしやした」

八吉が小声で言った。

「気になることとは」

玄沢が八吉に訊いた。

「猪之助が、三、四人の男と一緒に、借家から出たのを目にした者がいるんでさァ」

八吉によると、通り沿いにある米屋の親爺が、店の前を通りかかった猪之助たちを目にしたという。

「一緒にいた男たちのなかに武士がいたそうです」

八吉が言い添えた。

「いつのことだ」

玄沢が訊いた。

「昨日、暗くなってからです」

「その武士も猪之助の仲間か」

「仲間とみて、いいようです」

「猪之助と武士はまだこの近くにいるかもしれねえ」

彦次が身を乗り出して言った。

「おい、その武士の他に仲間もいたのだぞ。猪之助はわしらを襲うつもりで、仲間を集めたのではないか」

玄沢が、借家に目をやった。

「あっしもそんな気がしやす。おのぶもそうだが、猪之助もあっしらのことに気付いていたかもしれねえ」

彦次が言うと、玄沢と八吉がうなずいた。

「どうしやす」

彦次が訊いた。

「今日のところは引き揚げるか。猪之助の仲間のなかに武士がいるとなると、三人では太刀《たち》打ちできん」

玄沢が語気を強くして言った。

玄沢は一刀流《いっとうりゅう》の遣い手だった。若いころ、一刀流の道場に通い、師範代にまでなった男である。歳をとって動きが鈍くなったいまでも、よほど腕の立つ者でなければ後れをとることはない。

ただ、彦次も八吉も剣の心得はなかった。玄沢ひとりでは、匕首《あいくち》や長脇差《ながわきざし》を手にした男たちに取り囲まれれば、太刀打ちできないだろう。

「引き揚げやしょう」

八吉が言った。

彦次、玄沢、八吉の三人は踵を返して永代橋の方にむかって歩きだした。今日はこのまま長屋に帰るつもりだった。

だが、彦次たち三人は、半町も歩かないうちに足をとめた。通り沿いにあった店の脇から、男が三人飛び出し、彦次たちの行く手を塞《ふさ》いだのだ。

三人のなかにいた猪之助が、

「逃がさねえぜ」

と言って、懐から匕首を取り出した。

彦次たち三人は反転して逃げようとした。だが、その場から動けなかった。背後から別の男が三人、小走りに近付いてきたのだ。遊び人ふうの男がふたり、武士が一人。

武士は牢人体だった。大刀を一本だけ落とし差しにしている。牢人は玄沢の前に

立つと、

「おぬしの相手は、おれだ」

そう言って刀の柄《つか》に右手を添えた。牢人は玄沢が刀を差していたので、武士とみたようだ。

玄沢も右手を刀の柄に添え、抜刀体勢をとった。

ふたりの間合はおよそ二間半ほどだった。真剣勝負の立ち合いの間合としては近いが、その場が狭く、間合を広くとれないのだ。

彦次と八吉の前には、遊び人ふうの男がふたりまわり込んできた。ふたりとも匕首を手にしている。

彦次の前に立ったのは、長身の男だった。すこし背を丸めるようにして、手にした匕首を胸の前で構えている。

彦次は素手で身構えた。武器は持ってこなかったのだ。彦次は身軽で足も速かったが、武器を手にして戦うのは苦手だった。

「殺してやる！」

長身の男が叫び、匕首を手にしたまま彦次を睨むように見据えた。

彦次は後退《あとずさ》った。何とか男から逃げようとしたのだ。

このとき、八吉は顔の浅黒い男と対峙《たいじ》していた。

男は長脇差を手にしていた。すこし前屈《まえかが》みの恰好で、長脇差の切っ先を八吉にむけている。

「やろう！　これが見えねえか」

八吉が懐から十手を取り出して、男にむけた。

「おめえ、閻っ引きかい」

男が薄笑いを浮かべて言った。

「そうだ。お上に楯突《たてつ》く気か！」

八吉が声を上げた。

「十手なんぞ捨てちまいな。十手じゃァ、勝ち目はねえぜ」

男は言いざま、ジリジリと間合を狭めてきた。

5

玄沢は牢人と対峙していた。

ふたりの間合はおよそ二間半――。

玄沢と牢人は対峙したまま抜刀していなかった。

「いくぞ！」

牢人が、言いざま刀を抜いた。

すかさず玄沢も抜刀し、すぐに青眼《せいがん》に構えた。腰の据わった隙《すき》のない構えだった。

切っ先が牢人の目にむけられている。

対する牢人は八相《はっそう》に構えた。両肘《りょうひじ》を高くとり、切っ先で天空を突くように刀身を垂直に立てている。

玄沢は牢人の隙のない構えを見て、

……遣い手だ！

と、思った。隙がないだけでなく、牢人の構えには上から覆い被さってくるような威圧感があった。

だが、玄沢はすこしも臆《おく》さなかった。青眼に構えたまま、牢人の斬撃《ざんげき》の気配を読んでいる。

ふたりは対峙したまま動かなかった。斬撃の気配を見せたまま気魄《きはく》で攻め合っている。気攻めである。


このとき、彦次は長身の男と対峙したままだった。相手の男は匕首を手にして身構えていたが、仕掛けてきた。

長身の男は匕首を手にしたまま、足裏を摺《す》るようにして、ジリジリと間合をつめてきた。

彦次は後退った。逃げるしか手がないのだ。

長身の男が顔をしかめ、

「かかってこい！」

と、苛立《いらだ》った声で言った。

彦次は逃げるだけだったが、動きが速かった。長身の男は、彦次との間合がつめられないのだ。

ふいに彦次の動きがとまった。背後の道の端に溝があり、それ以上退がれなくなったのだ。

「観念しろ！」

男は匕首を手にしたまま彦次に迫ってきた。

彦次が逃げ場を探して左右に目をやったとき、通りの先に、馬上の武士の姿が目にとまった。旗本らしい。若党、侍、馬の口取《くちとり》など十数人の供を連れている。

「お侍さま！　お助けください。この者たちは盗賊一味です！」

と、彦次が叫んだ。

馬上の武士は馬をとめさせ、戸惑うような顔をした。彦次の言うことが、にわかに信じられなかったのだろう。

そのときだった。岡っ引きの八吉が懐から呼び子を取り出し、

「こやつら、盗人だ！」

と叫び、呼び子を吹いた。

ピリピリピリ……。甲高い呼び子の音が辺りに響いた。

　馬上の旗本は呼び子の音を耳にし、八吉を町方の手先の岡っ引きとみたらしく、

「賊を取り押さえろ！」

　と、若党や侍たちに命じた。
　七、八人の若党と侍が、腰に差した刀の柄に右手を添えて走り寄った。
　すると、玄沢と対峙していた武士が慌てて身を引き、

「引け！　引け！」

　と、声を上げた。

　彦次と八吉に匕首や長脇差をむけていた男たちが、慌てて後ろに下がり、間合があくと反転して走りだした。逃げたのである。

　玄沢と対峙していた牢人も、玄沢との間があくと、

「勝負、預けた！」

　と叫びざま反転した。そして、抜き身を手にしたまま走りだした。

　玄沢は牢人を追わなかった。そのとき、玄沢は牢人につづいてそばを走り抜けようとした遊び人ふうの男を目にし、刀身を峰に返しざま、

「逃がさぬ！」

と叫び、刀を横に払った。一瞬の太刀捌《さば》きである。

峰打ちが男の腹を強打した。

男は呻《うめ》き声を上げ、両手で腹を押さえてうずくまった。玄沢は男のそばに行き、切っ先を突き付けた。

そのとき、馬の蹄《ひづめ》の音がし、旗本が近寄ってきた。

「逃げた者たちは、盗賊か」

旗本が訊いた。

「はい、こやつらは盗みだけでなく、人攫いまでしております。何人もの娘がこやつらに攫われました」

玄沢が言うと、呼び子を吹いた八吉が、

「町奉行所でも、こやつらを追っていたのです」

と言って、十手を旗本に見せた。

「そうか」

旗本はうなずいた後、「後は、その方たちに任せる」と言い置き、近くにいた供の侍や若党などに声をかけ、その場を離れた。

玄沢、彦次、八吉の二人は低頭したまま、旗本が遠ざかるのを待った。

そして、玄沢は馬上の旗本の姿が遠ざかると、

「手を貸してくれ」

と、彦次と八吉に声をかけた。

玄沢は、腹を押さえて呻き声を上げている男のそばに近寄り、

「こやつから、話を訊いてみよう」

と言い、彦次と八吉の手を借りて、道沿いに枝葉を茂らせていた樫《かし》の樹陰に、男を引き摺り込んだ。

玄沢は、通りを行き来する者の目にとまらない場所を選んだのである。

6

玄沢は、苦しげな呻き声を上げている男のそばに立つと、

「おまえの名は」

と訊いた。

男は上目遣いに玄沢を見ただけで、何も答えず、低い呻き声を洩らしていた。

玄沢は手にした刀の切っ先を男の頰《ほお》に近付け、

「名は！」

と、語気を強くして訊いた。

「き、吉助《きちすけ》で……」

男が首をすくめて名乗った。

「吉助、一緒にいた武士の名は」

さらに、玄沢が訊いた。

「市川恭之介《いちかわきょうのすけ》さまで……」

吉助はすぐに答えた。自分の名を口にしたので、隠す気が薄れたのかもしれない。

「牢人か」

「そうでさァ」

「おまえたちは、庄兵衛店のおせんという娘を攫ったな」

玄沢が、おせんの名を出して訊いた。

「……」

吉助は肩を窄《すぼ》めて、視線をそらした。

「いまさら隠しても仕方あるまい」

玄沢はそう言った後、

「おせんを攫ったな！」

と、語気を強くして訊いた。

「へ、へい」

吉助が、首をすくめて答えた。

「おせんは、いま何処にいる」

玄沢が訊くと、そばにいた彦次と八吉の目が吉助にそそがれた。ふたりとも、おせんの居所が気になっていたのだ。

「し、知らねえ」

吉助が声をつまらせて言った。

「知らないはずはない。何処だ！」

また、玄沢の声が大きくなった。

「深川の料理屋かもしれねえ……」

吉助は語尾を濁した。

そのとき、黙って玄沢と吉助のやり取りを聞いていた彦次が、

「一ノ鳥居の近くか」

と、声高に訊いた。猪之助の情婦のおのぶから、猪之助が一ノ鳥居の近くの料理屋か料理茶屋に行くことがあると聞いたことがあったのだ。

「へい」

「店の名は」

彦次が訊いた。

「確か、嘉川屋《かがわや》だったな」

「そこに、親分がいるのだな」

「へ、へい」

「親分の名は」

彦次に代わって玄沢が訊いた。

「あっしらは、宗兵衛《そうべえ》親分と呼んでやす」

「宗兵衛か」

　玄沢は、その場にいた彦次と八吉に目をやった。宗兵衛のことを、知っているかどうか、目顔でふたりに訊いたのだ。

「名は聞いてやすが、顔は見たことはねえ」

　と、八吉が言った。

　彦次はまったく知らないらしく、首を横に振っただけである。

「ところで、おまえたちは、娘を攫うとき、舟を使うことがあるな」

　玄沢が訊いた。声が穏やかになっている。吉助が喋《しゃべ》るようになったので、声を荒らげる必要がなくなったのだ。

「へい、娘を攫うときは、舟を使うことが多いようで」

　吉助が言った。

「なぜ、舟を使うのだ」

「娘を舟に乗せちまえば、歩くより速《はえ》えし、人目を気にしねえで連れていけやす」

「そうか」

　玄沢は顔を厳しくしてうなずいた後、

「その舟は、ふだんどこにあるのだ」

と、吉助を見据えて訊いた。

「船宿でさァ」

「その船宿は、どこにある」

「佐賀町で」

「佐賀町のどこだ」

畳み掛けるように、玄沢が訊いた、佐賀町は広い町だった。佐賀町と分かっただけでは、探すのがむずかしい。

「永代橋から、二町ほど川上に行ったところにありやす」

「そうか」

玄沢がうなずいた。それだけ分かれば、船宿はすぐに突き止められる、と思ったようだ。

玄沢は、彦次と八吉に目をやり、

「何かあったら訊いてくれ」

と言って、吉助の前から身を引いた。

「猪之助は、宗兵衛の子分だな」

彦次が念を押すように訊いた。

「そうで……」

吉助がうなずいた。

「おせんを攫ったときも、猪之助はいたのか」

「いやした」

「すると、猪之助は庄兵衛店にも来たのだな」

「………」

吉助は口をつぐんだまま、記憶を辿《たど》るような顔をしていたが、

「長屋にも行ったはずでさァ」

と小声で言った。

彦次が吉助のそばから身を引くと、八吉が、

「おせんを攫ったのは、金のためではないな」

と、念を押すように訊いた。

「へい。……長屋に住んでる者に、大金を出せ、とは言えませんや」

吉助が、首をすくめて言った。

「禿にでもする気なのか」

「そうで」

吉助は答えた後、驚いたような顔をして八吉を見た。八吉が、おせんを攫った理由を口にしたからだろう。

「やはりそうか」

八吉がうなずき、吉助の前から身を引いた。

次に吉助から話を訊く者がなく、みんな話しやした。あっしを帰《けえ》してくだせえ」

「あっしの知っていることは、みんな話しやした。あっしを帰《けえ》してくだせえ」

吉助が、玄沢、彦次、八吉の三人に目をやって言った。

「帰せだと。吉助、死にたいのか」

玄沢が、吉助を見据えて言った。

「…………！」

吉助は、首をすくめて玄沢を見た。顔から血の気が引いている。

「親分の宗兵衛は、よく帰ってきた、とおまえを褒めてくれるか。……わしらに仲間のことを話して、縄を解《ほど》いてもらったとみるはずだぞ。宗兵衛は、おまえを生かしてはおくまい」

　玄沢が語気を強くして言った。

「そ、そうかも、しれねえ」

　吉助の顔から血の気が引き、体が震えだした。

「しばらく身を隠しておける場所はあるか」

　玄沢が訊いた。

　吉助はいっとき口を閉じて、記憶を辿るような顔をしていたが、

「ねえ……」

　と、肩を落として言った。

　玄沢は口をつぐんでいたが、

「どうだ。しばらく長屋で暮らすか。……そう長い間ではない」

　と、吉助に目をやって訊いた。

「庄兵衛店ですかい」

　吉助が驚いたような顔をして訊いた。

「そうだ。確か空いている家があったはずだ。わしが庄兵衛に話してもいいぞ」

玄沢が言った。

「………」

吉助は戸惑うような顔をして、いっとき口をつぐんでいたが、

「お願いしやす」

と小声で言って、玄沢に頭を下げた。

7

玄沢と彦次は吉助を長屋に連れて帰ると、家主の庄兵衛に話し、空き家に住めるようにしてやった。

吉助はしばらくの間、長屋に身を隠し、玄沢や彦次、それに長屋の住人の厄介になって暮らすことになるだろう。

玄沢や彦次たちが攫われたおせんを連れ戻し、宗兵衛たちとの始末がつけば、吉助は長屋を出ることができるはずだ。吉助が望めば、長屋の住人として暮らすこともできる。

吉助が長屋で暮らしていけるめどが立ち、玄沢と彦次が玄沢の家で茶を飲んでいると、長屋に住む権助と、攫われたおせんの父親の元吉が顔を出した。

「ふ、ふたりに話があるんで」

権助が声をつまらせて言った。何かあったのか、体が震えていた。脇に立っている元吉の顔は青ざめている。

「どうした」

玄沢が、権助と元吉に目をやって訊いた。

「旦那と彦次が出かけた後、ならず者みてえな男がふたり、長屋の路地木戸のところに立っていたんでさァ」

権助が言った。

「まさか、長屋の娘を攫おうとして、見張っていたのではあるまいな」

玄沢の声が大きくなった。

「ふたりが見張っていたのは、長屋の娘じゃァねえんで」

「誰を見張っていたのだ」

「旦那と彦次でさァ」

「わしと彦次だと」

玄沢が聞き返した。

「そうでさァ。そいつらが、旦那たちふたりが長屋にいるか訊いたんでさァ。訊かれた男が、いねえ、と話すと、すぐに帰《けえ》っちまったらしい」

権助が言うと、脇に立っていた元吉が、

「ふたりは、おせんのことで旦那たちに会いに来たんですかね」

と、心配そうな顔で訊いた。

「おせんのことではなく、わしらに用があって来たにちがいない。おせんのことなら親である元吉に話があるはずだ。……心配するな。おせんは必ず助け出す。それに、何かあったら、ふたりに話すから」

玄沢はそう言って、ふたりを帰した。

権助と元吉が戸口から出ていった後、

「そのふたり、わしらを始末するために長屋を探りに来たのかもしれんぞ」

と、彦次に言った。玄沢はいつになく厳しい顔をしている。

「どうしやす」

彦次が訊いた。

「宗兵衛の子分たちが、わしらを襲ってきたら戦うしかないが……」

玄沢は眉根を寄せた。

「大勢で踏み込まれたら太刀打ちできねえ」

彦次が、強張った顔で言った。

「彦次の言うとおりだ。子分たちと一緒に市川も来るだろう。わしと彦次だけでは後れをとる」

玄沢は、市川と戦うことになるだろう、とみた。その間に、他の子分たちが何人もで彦次を襲ったら守りようもない。

「あっしらだけでなく、長屋の者たちも殺されやす」

彦次は胸のなかで、おゆきとおきくが一緒にいればふたりも殺される、と思った。

「長屋を守るためにも、長屋の男たちの手を借りるしかないな」

玄沢が厳しい顔をして言った。

「あっしが権助と元吉を呼んできやす」

彦次はそう言って、戸口から飛び出していった。

いっときすると、彦次が権助と元吉を連れてもどってきた。三人は急いで来たらしく、顔が赤らみ、息が荒かった。

「ともかく、そこに腰を下ろしてくれ」

そう言って、玄沢は上がり框に権助と元吉の腰を下ろさせた。彦次は座敷に上がって座った。

「ふたりが帰った後、彦次とふたりで相談したのだがな。わしらがいるとき、ならず者たちが長屋に踏み込んできたら、犠牲になるのは、わしと彦次だけではない。彦次と一緒にいるおゆきとおきくも殺される。……騒ぎを耳にして、家から飛び出してきた他の女子供も犠牲になるはずだ」

玄沢が言うと、権助と元吉の顔が強張った。握りしめている拳《こぶし》が震えている。

「それでな。念のため、ならず者たちが長屋に踏み込んできたらどうするか、相談したいのだ」

「分かりやした」

権助が言うと、元吉は顔を引き締めてうなずいた。

「後で、長屋のみんなに話しておいてもらいたい」

玄沢が声をあらためて言った。

「承知しやした」

「ならず者たちが踏み込んできたら、どうするか」

「どうしやす」

権助が話の先を促した。

「ならず者たちに気付いたら、手を出す前に長屋をまわって、男たちに知らせくれ。そして、遠くから大勢で、ならず者たちを取り囲むのだ」

「それで、どうしやす」

権助が身を乗り出して訊いた。

「石だ。遠くから石を投げるのだ」

めずらしく、玄沢が声を大きくして言った。

「石ですかい」

黙って聞いていた元吉が口を挟んだ。

「そうだ。遠くからな。……近付くと、ならず者たちに襲われる」

「分かりやした」

権助が言うと、元吉がうなずいた。

「そうすれば、ならず者たちは逃げるしかない」

玄沢は胸の内で、機会があったら、峰打ちでひとり捕らえ、おせんの居所をもっと詳しく吐かせようと思ったのだ。

権助と元吉は、虚空を睨むように見据えて黙っていたが、

「長屋の男たちに話してきやす」

と権助が言い、元吉とふたりで戸口から飛び出していった。

彦次は、ふたりの足音が聞こえなくなると、

「宗兵衛の子分たちは長屋を襲いやすかね」

と、つぶやくような声で訊いた。

「来る。近いうちにな」

めずらしく、玄沢の双眸《そうぼう》が燃えるようにひかっている。

第三章　反撃

1

「おまえさん、今日も玄沢さんと出かけるんですか」

　おゆきが心配そうな顔をして彦次に訊いた。脇に座っているおきくまで心配そうな顔をしている。

　彦次は、親子三人で朝めしを食い終えた後、座敷でおゆきが淹《い》れてくれた茶を飲んでいたのだ。

「いや、今日は仕事に行くつもりだ」

　彦次は、このところ玄沢と一緒にいることが多く、仕事に行くことはすくなかった。おゆきも、彦次が仕事に行かないことを知っていて心配になったのだろう。

「おせんちゃんが、早く長屋に帰ってくるといいんですけどねえ」

おゆきが眉を寄せて言った。

「おせんは、きっと連れ戻す」

彦次がそう言ったとき、戸口に近付いてくる足音がした。

足音は腰高障子の向こうでとまり、

「彦次、いるかい」

と権助の声がした。何かあったのか、声がうわずっている。

「いるぞ！　入《へえ》ってくれ」

彦次が声をかけると、すぐに腰高障子があいた。

戸口から顔を出した権助は、

「大変だ！　御用聞きが殺されたぞ」

と、彦次の顔を見るなり言った。

「八吉親分か」

彦次は、すぐに八吉ではないかと思った。

「八吉親分じゃァねえ。定次郎という名のようだぜ」

「定次郎か！」

彦次は、定次郎を思い出した。熊井町にある猪之助とおのぶの住む借家を見張っていた岡っ引きである。

「殺されていた場所はどこだ」

彦次は、現場に行ってみようと思った。

「大川端だ。中ノ橋の近くらしいぜ」

権助が言った。中ノ橋は掘割にかかっていた。仙台堀にかかる上ノ橋から大川端沿いの道を南にむかうとすぐである。

「行ってみる」

彦次は立ち上がった。

そして、おゆきとおきくに、「遅くならずに帰《けえ》るからな」と言い残し、急いで戸口から出た。

彦次は戸口にいた権助に、

「玄沢さんの家に寄っていくから、先に行っててくれ」

と声をかけ、玄沢の家にむかった。

彦次は玄沢の家の戸口に立つと、「旦那、いやすか」と声をかけ、腰高障子をあけた。

玄沢は座敷で茶を飲んでいた。朝めしを食べた後らしい。

「彦次、どうした」

玄沢が湯飲みを手にしたまま訊いた。

「岡っ引きの定次郎が、殺されやした」

彦次が声高に言った。

「定次郎な」

玄沢が首を捻った。咄嗟に思い浮かばなかったようだ。

「熊井町のおのぶの家を見張っていた岡っ引きでさァ」

「あの男か」

玄沢は思い出したようだ。

「中ノ橋の近くらしいですぜ」

「近いな。行ってみるか」

玄沢は、手にした湯飲みを脇に置いて立ち上がった。

彦次と玄沢は、長屋の路地木戸から仙台堀沿いの道に出ると、大川の方に足をむけた。そして、仙台堀にかかる上ノ橋のたもとに出ると、すぐに橋を渡った。そこは、大川端沿いに続く道である。

彦次と玄沢は、大川端沿いの道を足早に川下にむかった。いっとき歩くと、川下に掘割にかかる中ノ橋が見えてきた。

橋のたもと近くに大勢の人だかりができていた。通りすがりの者が多いようだが、岡っ引きや下っ引きらしい男の姿もあった。

「島崎《しまざき》の旦那も、来てやす」

彦次が玄沢に身を寄せて言った。

人だかりのなかに、北町奉行所の定廻《じょうまわ》り同心の島崎源之助《しまざきげんのすけ》の姿があった。彦次はこれまで、彦次と玄沢がかかわった過去の事件で、何度か島崎と顔を合わせたことがあったのだ。おそらく、島崎は御用聞きが殺されたと聞いて、事件の現場に来たのだろう。

島崎は人垣のなかほどに立っていた。殺された定次郎の検死をしているようだ。

彦次は人垣に近付くと、

「あっしは集まっている連中を探ってみやす」

そう言って玄沢から離れた。

飛猿と呼ばれる盗人だった彦次は、足を洗った今でも、定廻り同心の島崎と顔を合わせるのを避けていた。島崎に、盗人だったことを気付かれて捕縛されるかもしれない、という恐れがあったのだ。

彦次は、島崎に気付かれないように人垣の間から覗いてみた。地面に、定次郎が仰向けに倒れていた。苦しげに顔を歪《ゆが》めている。

定次郎の肩から胸にかけて小袖が裂け、血でどす黒く染まっていた。

……刀傷だ！

と、彦次はみた。肩から胸にかけて、刀で袈裟《けさ》に斬《き》られたらしい。定次郎を斬ったのはおそらく武士であろう。

彦次の脳裏に、市川恭之介のことが過《よ》ぎった。定次郎は人攫い一味を追っていて、市川に斬られたのではあるまいか。

玄沢は島崎と何やら話していた。玄沢もこれまでかかわった事件のおりに、島崎と顔を合わせたことがあったのだ。島崎が玄沢に、殺された定次郎が追っていた事件のことを聞いているのだろう。

彦次は集まっている人垣に目をやった。事件の現場に、野次馬に見せかけて犯人が姿を見せることがあるのだ。

人垣のなかには牢人体の男や遊び人ふうの男もいたが、事件にかかわっていると思われる者はいなかった。

いっときすると、玄沢が人垣の外に出てきた。

「下手人は、武士だな」

玄沢が彦次に身を寄せて言った。

「定次郎が、人攫い一味を探っていて殺されたのなら、下手人は市川恭之介ですぜ」

彦次が言った。

「わしもそうみた。……定次郎は、人攫い一味の親分の宗兵衛を探っていて、市川に斬られたのだ」

玄沢が、めずらしく昂った声で言った。

「迂闊《うかつ》に、宗兵衛は探れないな」

彦次の胸には、自分や玄沢が命を狙われるだけでなく、庄兵衛店も狙われているのではないか、という読みがあった。

……何としても、長屋の住人を守らなきゃならねえ。

と、彦次は強く思った。

長屋にもどると、彦次は玄沢と相談し、しばらく長屋にとどまって宗兵衛の子分たちの動きを見ることにした。

2

定次郎が殺された三日後だった。

彦次は朝めしを食べ終えた後、おゆきとおきくとの三人で、座敷でくつろいでいた。玄沢と相談し、宗兵衛たちの様子を見るために、長屋にとどまることにしたのだ。それというのも、定次郎が宗兵衛を探っていて殺されたことを知っただけでなく、権助と元吉から、ならず者らしいふたりの男が路地木戸のところにいて、彦次と玄沢のことを探っていたと聞いていたからだ。

彦次はいっとき座敷でくつろいでいたが、

「玄沢さんのところに、行ってくる」

と言って、腰を上げた。定次郎を襲って殺した者たちのことが気になっていたのだ。

玄沢は家の座敷にいた。朝めしを食べ終え、くつろいでいたらしい。

「彦次、何かあったのか」

玄沢がすぐに訊いた。彦次が思い詰めているような顔をしていたからだろう。

「何もねえが、気になりやして」

彦次が上がり框に腰を下ろして言った。

「何が気になるのだ」

「定次郎の次は、あっしたちかもしれねえ」

彦次が玄沢に言うと、

「わしと彦次だけ狙われるのならいいが、長屋が襲われれば、住人たちからも命を落とす者が出る。それで、権助たちに話しておいたのだ」

玄沢が顔を引き締めて言った。

「近いうちに、長屋に踏み込んでくるような気がしやす」

彦次が眉を寄せた。

「わしもだ」

「宗兵衛の子分たちが踏み込んでくるのを待っているしかねえのか」

彦次がつぶやくような声で言った。

それから、彦次は玄沢と話を続け、半刻（一時間）ほど経ったろうか。戸口に走り寄る足音がし、

「玄沢の旦那、いやすか！」

と、権助の声がした。

「いるぞ。彦次も一緒だ」

玄沢が声高に言うと、腰高障子があいた。

権助は土間に入ってくると、

「いやす！　ならず者たちが」

うわずった声で言った。

「長屋に踏み込んできたのか」

玄沢が脇に置いてあった刀を手にして立ち上がった。彦次も立った。

「路地木戸のところで、長屋の様子をうかがっていやす」

権助は、遊び人ふうの男が三、四人いる、と言い添えた。

「三、四人だと。長屋を襲うつもりではないようだが……」

玄沢はそうつぶやいた後、

「仲間が顔を揃《そろ》えるのを待っているのではないか」

と、権助に顔をむけて言った。

「あっしもそんな気がしやす」

権助は土間で足踏みしていた。顔が強張り、体が恐怖で震えている。

「仲間が揃ったら踏み込んでくるな。……権助、長屋の者たちに知らせろ。手筈《てはず》どおりだ」

玄沢が声をかけた。

「承知しやした！」

権助は声を上げ、戸口から飛び出していった。

「あっしらは、どうしやす」

彦次が訊いた。

「手筈どおり、井戸端で持とう」

玄沢は立ち上がると、袴《はかま》の股立《ももだち》をとり、大刀を腰に差した。

「あっしは、おゆきとおきくに話してから井戸端に行きやす」

彦次の声が昂っていた。

彦次は土間に下りると、「井戸端で待っててくだせえ」と言い残し、戸口から飛び出した。

玄沢は、彦次につづいて土間に下りた。そして、戸口から出ると、近くに不審な男がいないのを確かめてから井戸端にむかった。

長屋のあちこちで、男の怒鳴り声や女のうわずった声が聞こえた。ならず者たちが踏み込んでくると知って騒ぎ立てているようだ。

彦次は自分の家の腰高障子をあけて土間に飛び込んだ。座敷にいたおゆきは顔色を変えて入ってきた彦次を目にし、

「お、おまえさん、どうしたんです」

と、うわずった声で訊いた。

「ならず者たちが長屋に踏み込んでくる！」

　彦次が言った。

「こ、ここに来るんですか」

　おゆきは、脇にいたおきくの肩に手をまわして抱き寄せた。おきくは驚いたような顔をして、母親を見つめている。

「ここに来るかどうか分からねえが、話してあるとおりだ。部屋の隅に置いてある枕屏風《まくらびょうぶ》の陰に隠れていろ。誰か入《へえ》ってきても声を出すな。姿が見えなければ、座敷に踏み込んでくることはないはずだ」

「わ、分かった。そうします」

　おゆきはそう言った後、

「おまえさんは、どうするんです」

　と、不安そうな顔をして訊いた。

「おれは、長屋のみんなと踏み込んできたやつらに石を投げる」

　彦次は、「心配するな。玄沢さんも一緒だ」と言い置いて、戸口から飛び出した。

　見ると、井戸端に長屋の男たちが集まっていた。二十人ほどいる。そのなかに玄沢の姿もあった。

彦次は玄沢のそばに走り寄った。彦次の後からも、長屋の男たちがひとり、ふたりと井戸端に集まってきた。いずれも強張った顔をしている。

そのとき、路地木戸の方から権助が走ってきた。そして、井戸端にいる男たちのそばに来るなり、

「来るぞ！　五、六人だ。二本差しがひとりいる！」

と声を上げた。

路地木戸の方から遊び人ふうの男たちが姿を見せ、「あそこだ！」「男たちが大勢集まっているぞ！」と、声を上げた。

男たちは匕首や長脇差を手にしていた。

「蹴散《けち》らせ！」

「歯向かってきたら、斬り殺せ！」

男たちが口々に叫んだ。

その男たちの後方に武士の姿が見えた。無頼牢人ふうだった。小袖を着流し、大刀を一本だけ落とし差しにしている。

「市川だ！」

彦次が声を上げた。

その場に集まっていた長屋の男たちのなかに、尻込《しりご》みする者が何人もいた。市川の姿を見て動揺したようだ。

「怯《ひる》むな！　あやつが襲ってきたら、わしが斬る！」

玄沢はそう言った後、「手筈どおりだ。石を持て！」と男たちに声をかけた。すると、男たちはこのときのために拾い集めた小石を手にした。石礫《いしつぶて》を浴びせるつもりなのだ。

3

踏み込んできたのは六人だった。そのなかに市川もいる。

六人の男は、井戸端に長屋の男たちが集まっているのを目にすると、

「長屋のやつらだ！」

「大勢いるぞ」

ふたりの男が声を上げた。

「あいつら何もできねえ。蹴散らせ！」

そう叫んだのは、男たちのなかでは兄貴格の源造《げんぞう》という男だった。

源造を先頭に、四人の男が前屈みの恰好で近付いてきた。市川は源造の脇にいる。すでに、市川も抜刀し、抜き身を手にしていた。

これを見た彦次が、

「石を投げろ！」

と、男たちに声をかけた。

すぐに、権助をはじめ長屋の男たちが手にした石を投げた。

石礫がバラバラと、一味にむかって飛んだ。

男たちのなかから悲鳴や叫び声が上がった。石礫の多くははずれたが、いくつかが男たちの体に当たった。

すると、源造が長脇差を手にしたまま、

「皆殺しにしろ！」

と叫び、長屋の男たちにむかってつっ込んできた。

他の男たちが源造につづいて駆け寄ってきた。

これを見た玄沢が、

「広がれ！　井戸端から離れろ」

と、長屋の男たちにむかって叫んだ。

「両脇から石を投げるぞ！」

つづいて彦次が叫び、右手に走った。十人ほどの男が彦次につづいた。

玄沢はそばにいる男たちに、

「残りはわしにつづけ！」

と声を上げ、左手に走った。左右から、踏み込んできた男たちに、石を投げるつもりなのだ。

玄沢の後に残った男たちがつづいた。やはり十人ほどいる。

井戸端の近くにいた源造たちは戸惑うような顔をした。突然、長屋の男たちが左右に逃げたからである。

このとき、源造のそばにいた市川が、

「長屋のやつらを皆殺しにしろ！」

と、抜き身を振り上げて声を上げた。

その声で、源造たちは匕首や長脇差を手にしたまま長屋の男たちにむかって走った。

長屋の男たちは「石を投げろ！」「逃げるな！」などと叫びながら、手にした石を近付いてきた源造たちにむかって投げた。

ギャッ！　痛《いて》え！　助けてくれ！……などという悲鳴や叫び声があちこちで聞こえ、源造たちの足がとまった。

勢いづいた長屋の男たちは、さらに石礫を源造たちに浴びせた。

「逃げろ！」

源造が声を上げ、反転して走りだした。

これを見た市川が身を引いてから走りだすと、他の男たちも、市川と源造の後を追って逃げだした。

このとき、玄沢は逃げ遅れたひとりの男を目にした。玄沢は素早い動きで男に近寄り、背後から峰打ちを浴びせた。

男は呻き声を上げて、その場にうずくまった。

玄沢はうずくまっている男の前に立ち、

「おまえの名は」

と、手にした刀の切っ先を突きつけて訊いた。

男は苦しげに顔をしかめて、玄沢を見上げたが、口はとじたままだった。

「ここに踏み込んできた仲間たちは、おまえを見捨てて逃げたのだぞ。……そいつらのために命を捨てるのか」

玄沢はそう言った後、

「名は」

と、男に訊いた。

「宗吉《そうきち》でさァ」

男が小声で名乗った。

「宗吉、長屋を襲ったのはわしらを始末するためか」

玄沢が訊いた。

宗吉は戸惑うような顔をしていたが、

「そうで……」

と、首をすくめて言った。

「岡っ引きの定次郎を殺したのは、おまえたちだな」

玄沢が念を押すように訊いた。

宗吉はいっとき口をつぐんでいたが、

「市川の旦那でさァ」

と、小声で言った。

「やはり市川か。……定次郎やわしらを始末するように命じたのは、親分の宗兵衛か」

玄沢が訊くと、

「そうで」

宗吉が答えた。玄沢とやり取りしているうちに隠す気が薄れたようだ。

「宗兵衛は、深川の嘉川屋を塒にしているのだな」

玄沢が嘉川屋の名を出すと、

「よく知ってやすね」

宗吉が驚いたような顔をした。

「おまえの仲間から聞いたのだ」

玄沢は吉助の名を出さなかった。

「吉助ですかい」

と宗吉が訊いた。吉助のことを知っているようだ。

「そうだ。……ところで、この長屋から攫ったおせんは、嘉川屋にいるのだな」

玄沢が念を押すように訊いた。

「いやす」

宗吉は隠さずに答えた。

玄沢は一歩身を引き、「彦次、訊いてくれ」と言って、脇にいた彦次に目をやった。

彦次は玄沢に代わって宗吉の前に立つと、

「おせんは嘉川屋の店内にいるのか」

と、語気を強くして訊いた。

「まだ、店にはいねえ」

「どこにいるんだ」

「店の裏にある離れにいやす」

宗吉によると、離れには上客だけを入れる座敷があり、客が望めば、遊女と楽しむことができるという。

「おせんは、禿か」

「あっしは見てねえが、禿として離れにいるはずでさァ」

「そうか」

彦次が口を閉じると、

「あっしは知ってることをみんな話しやした。……帰《けえ》してくだせえ」

宗吉が彦次に目をやって言った。

「帰《けえ》せだと、死にてえのか」

彦次が宗吉を見据えた。

「…………！」

宗吉の顔から血の気が引いた。殺されると思ったらしい。

「おまえがおれたちに捕まったことは、この場から逃げた男たちはみんな知ってるぞ。おれたちに、仲間のことを話したんで帰《けえ》されたとみるはずだ」

彦次は以前、玄沢が吉助に言ったのと同じことを口にした。

「そうかも、しれねえ」

「宗兵衛は、仲間たちのことを話したおまえを、そのままにしておくような情け深い男じゃァねえ」

　彦次はそこまで話して間をとり、

「宗兵衛は間違いなくおまえを殺すぞ」

　と、語気を強くして言った。

「し、死にたくねえ」

　宗吉が声を震わせて言った。

　そのとき、玄沢が、

「どうだ、宗兵衛たちに知れないように身を隠して暮らせる家があるか」

　と、宗吉に訊いた。

　宗吉はいっときロをつぐんでいたが、

「そんな家は、ねえ」

　と、首をすくめて言った。

「実は吉助は、この長屋に住んでいる」

宗吉が驚いたような顔をして玄沢を見た。

「吉助はな、仲間に殺されるのを恐れてもどれなくなった。それで、この長屋に住むようになったのだ。……宗吉、ほとぼりが冷めるまで、吉助と一緒に、この長屋に住む気があるか」

玄沢がそう訊くと、

「お願いしやす。しばらく長屋に置いてくだせえ」

宗吉が涙声で言った。

4

翌日、彦次と玄沢は大家の庄兵衛に話し、宗吉を吉助の住む家に一緒に住まわせてくれるように話した。

庄兵衛は快く承知してくれた。庄兵衛にすれば、同じ家にふたりで住んでも家賃さえ貰えれば文句はないのだ。

彦次と玄沢は庄兵衛と話した後、長屋を出ると、仙台堀沿いにある仙台屋に立ち寄った。岡っ引きの八吉に、昨日、宗兵衛の子分たちに長屋を襲われたことを話すとともに、八吉と一緒に佐賀町にある船宿に行くつもりだった。

仙台屋の店先に縄暖簾が出ていたが、客はいないらしくひっそりとしていた。無理もない。まだ昼前なのだ。

彦次と玄沢は縄暖簾を分けて店に入った。店内に客の姿はなかった。

そのとき、店内の右手の奥にある帳場から、「いらっしゃい、すぐ行きやす」と八吉の声がした。店に入ってきた彦次たちの足音を耳にしたらしい。

すぐに右手の奥にある板戸があき、八吉が顔を出した。

「旦那たちですかい」

八吉は、肩にかけた手ぬぐいで濡れた手を拭きながら近寄ってきた。

「昨日な、宗兵衛の子分たちに長屋を襲われたのだ」

玄沢が言った。

「そ、それで長屋の者たちは」

八吉が驚いた顔をして訊いた。

「幸い、みんな無事だ」

玄沢は、長屋の男たちが石を投げて応戦し、宗兵衛の子分たちを追い払ったことを話した。

「長屋には、玄沢の旦那や彦次がいやすからね。宗兵衛の子分たちの思うようにはならねえ。子分たちも、これに懲りて長屋に手を出さなくなりやすよ」

八吉が言った。

「八吉、店を出られるか」

玄沢が声をあらためて訊いた。

「いつでも出られやす。店は、おあきひとりでもやっていけるんでさァ」

そう言って、八吉は片襷《かただすき》をはずすと、

「ちょいと待ってくだせえ。おあきに話してきやす」

と言い残し、板場にもどった。

いっときすると、八吉が板場から出てきた。汚れた前垂れをはずし、いつもの八吉らしい恰好をしていた。十手も腰に差している。

「それで、どこへ行きやす」

八吉が訊いた。

「船宿に行って、話を訊いてみたいのだがな」

玄沢が言った。

「船宿ですかい」

八吉が訊き返した。

「そうだ。八吉も吉助から聞いているはずだが、娘を攫って連れ去るとき舟を使ったが、その舟は船宿のものらしい」

「人攫い舟ですかい」

八吉が言った、

「吉助の話だと、その人攫い舟は佐賀町にある船宿の持ち舟らしい」

彦次が口を挟んだ。

「それで、佐賀町の船宿まで行くんですかい」

「そのつもりだ」

「行きやしょう」

八吉も乗り気になった。

彦次、玄沢、八吉の三人は仙台堀沿いの道を歩き、上ノ橋のたもとに出ると、大川端沿いの道を川下にむかった。

そこは佐賀町で、前方に大川にかかる永代橋が見えていた。

彦次たち三人は佐賀町に入り、いっとき歩くと、前方に船宿が見えてきた。店の脇の桟橋に、二艘《にそう》の猪牙舟が舫《もや》ってある。

桟橋に船頭の姿があった。船頭は猪牙舟の船底に茣蓙《ござ》を敷いていた。客を乗せる準備をしているらしい。

「あの船頭に訊いてみやすか」

彦次がそう言って、桟橋につづく石段を下りた。玄沢と八吉は、彦次の後につづいた。

彦次は猪牙舟に近付き、

「船頭か！」

と、大きな声で言った。

大声でないと、大川の流れの音に搔き消されてしまうのだ。

船頭は船底に四つん這《ば》いになって茣蓙を敷いていたが、顔を上げ、

「あっしですかい！」

と、声を上げた。

「忙しいところすまねえが、訊きてえことがあるんだ」

彦次も、流れの音に負けないように大声を出した。

「何を、訊きてえんです」

船頭は身を起こして、船梁《ふなばり》に腰を下ろした。まだ若い二十歳《はたち》前後と思われる船頭だった。

「この船宿の舟を借りて、物を運んだ者がいると聞いたんだがな。舟を貸すこともあるのかい」

彦次は、攫った娘を舟に乗せて連れていった、とは言わなかった。船頭が話さなくなると、みたからである。

「ありやすよ。ちかごろは、舟を使う客が少なくなりやしてね。空いてる舟があれば貸しやす。……魚釣りに海まで出る客がいやすぜ」

船頭が、「海といっても、大川をすこし下れば海に出やすからね」と言い添えた。

「舟を借りた者のなかに、大川を下って深川の方へ行く者もいるかい」

彦次が訊いた。

「川を下れば深川はすぐでさァ。……海が荒れてるときでなけりゃァ、船頭でなくとも深川まで行けやすよ」

「そうか」

彦次はいっとき間を置き、

「子供を乗せる客もあるかい」

と、声をあらためて訊いた。

「ありやすよ」

「ところで、深川にある嘉川屋という料理屋を知ってるかい」

彦次が、嘉川屋の名を出して訊いた。

「知ってやすよ。あっしも何度か、嘉川屋の近くまで客を乗せたことがありまさァ」

船頭はそう言った後、

「旦那たちは、八丁堀の旦那とかかわりがあるんですかい」

と、警戒するような顔をして訊いた。彦次が根掘り葉掘り訊くので、何か探っているとみたのだろう。

　すると、黙って聞いていた八吉が懐から十手を取り出し、

「おれたちは、舟に乗って逃げた盗人を探しているのよ」

と、もっともらしい顔をして言った。

　八吉は、攫われたおせんを助け出すために、嘉川屋を探っていることを知られたくなかったので、そう言ったのだ。

「盗人ですかい」

　船頭は、「聞いてねえなァ」と首を捻って言った。

「手間を取らせたな」

　彦次はそう言って石段を上がった。玄沢と八吉が後につづいた。彦次たちは、これ以上船頭から訊くことはなかったのだ。

5

　彦次たち三人が大川端沿いの通りに出ると、

「これから、深川へ足を延ばしやすか」

と、彦次が玄沢に訊いた。

「そうだな。このまま長屋に帰るのは早いな」

玄沢は、深川に行く気になっているようだ。

彦次たち三人は大川端の通りを川下にむかって歩き、賑やかな永代橋のたもとを過ぎた。そして相川町に入ってから、左手の大きな通りに入った。その通りは富ヶ岡八幡宮の門前につづいており、大勢の人が行き交っていた。

彦次たちは掘割にかかる八幡橋を渡り、富ヶ岡八幡宮の門前通りに出た。その辺りは黒江町《くろえちょう》である。八幡宮が近くなったせいか、人通りが多くなり、参詣客や遊山客などが目についた。

門前通りに沿いには、そば屋や土産物屋《みやげものや》などが並んでおり、料理屋や料理茶屋などの大きな店もすくなくなかった。

彦次たちが黒江町に入っていっとき歩くと、前方に一ノ鳥居が見えてきた。その鳥居の先には、さらに人通りの多い門前通りがつづいている。

「嘉川屋は、どこにあるのかな」

先を歩いていた彦次が、通りの左右に目をやりながら言った。

「あっしが訊いてきやしょう」

そう言って、八吉が彦次たちから離れた。

八吉は通り沿いにあった菓子屋に立ち寄った。繁盛している店らしく、参詣客や遊山客などが頻繁に出入りしている
八吉は店に入ったが、すぐに出てきた。そして、八吉は彦次と玄沢のそばに来ると、

「嘉川屋は、ここから二町ほど先らしい」

そう言って、足早に歩きだした。

彦次と玄沢は八吉の後につづいた。二町ほど歩くと、先を歩いていた八吉が路傍に足をとめ、

「あの店だ」

と言って、前方を指差した。

通りの左手に、二階建ての料理屋らしい店があった。大きな店で、店先に暖簾が出ていた。入口の脇の掛看板に「御料理　嘉川屋」と記してある。

何人もの客がいるらしく、二階の座敷から嬌声や男の談笑の声などが聞こえてきた。

「どうしやす」

彦次が、玄沢と八吉に目をやって訊いた。

「店に踏み込むわけにはいかぬな」

玄沢は嘉川屋を見つめている。

「近所で聞き込んでみやすか」

八吉が訊いた。

「そうだな。嘉川屋の者に知れないよう、すこし離れた場所で聞き込んでみるか」

玄沢がそう言い、三人は嘉川屋から半町ほど歩いたところで足をとめた。

そこは、通り沿いにあるそば屋の脇だった。路地があったが、行き来している人の姿はあまりなかった。地元の住人らしい子連れの女や風呂敷包みを背負った物売りらしい男などが、通りかかるだけである。

彦次たちはそば屋の脇で相談し、半刻（一時間）ほどしたら、その場に戻ることにして別れた。

ひとりになった彦次は賑やかな表通りを八幡宮の方へむかって歩いた。いっとき歩いたとき、彦次は通り沿いにある酒屋に目をとめた。店のなかの棚に、酒樽や徳利などが並んでいる。

酒屋は小売りもしているらしく、近所の住人らしい男や参詣客らしい男などが、土間で立ち飲みをしていた。

彦次が路傍に足をとめていっとき待つと、ふたり連れの職人らしい男が店から出てきた。ふたりは何やら話しながら、彦次のいる方に歩いてくる。

彦次は店から出てきたふたりに訊いてみようと思い、表通りに出た。そして、ふたりの男に背後から近付き、

「ちょいと、すまねえ」

と声をかけた。

ふたりの男は足をとめて振り返り、

「あっしらかい」

と、年上らしい男が訊いた。もうひとりの若い男は、不審そうな顔をして彦次を見ている。

「ちょいと訊きてえことがありやしてね。おふたりの足をとめるわけにはいかねえ。歩きながらでいいんでさァ」

そう言って、彦次はふたりの男と肩を並べて歩き、

「おふたりは、この近くに住んでるんですかい」

と、世間話でもするような口調で訊いた。

「そうだが、おめえさんは」

年上の男が訊いた。

「あっしは浅草に住んでるんだが、深川に来るのは初めてなんでさァ。人出が多いんで驚いてやす」

彦次は咄嗟に思いついたことを口にした。

「浅草かい。そう遠くじゃァねえな。……それで何が訊きてえんだい」

年上の男が彦次に目をむけた。

「でけえ声じゃァ言えねえんだが、この先に嘉川屋ってえ料理屋がありやすね」

彦次が嘉川屋の方を指差して言った。

「嘉川屋が、どうかしたかい」

年上の男が嘉川屋の方を振り返った。

「嘉川屋では、いろいろ男を楽しませてくれるって聞きやしてね。それで、浅草から出てきたんだが、それらしい店には見えねえ」

彦次が声をひそめて言った。

すると、年上の男が彦次に身を寄せ、

「嘉川屋が男を楽しませくれるのは、裏手よ」

年上の男が口許に薄笑いを浮かべて言った。

「裏手に、何かあるんですかい」

彦次が訊いた。

「裏手にな、別棟《べつむね》の離れがあって、そこで男を楽しませてくれるのよ」

年上の男が言うと、一緒に歩いていた若い男が、

「あっしも、聞きやしたぜ」

と、目をひからせて言った。

「女ですかい」

彦次が声をひそめて訊いた。

「そうよ。……金がかかるぜ。おれたちには、縁のねえ店よ」

年上の男は吐き捨てるように言うと、急に足を速めた。若い男は慌てて後を追った。

……攫われたおせんは、裏の離れにいるこたァ間違《まちげ》えねえ。

彦次は胸の内でつぶやき、来た道を引き返した。

6

彦次がそば屋の脇にもどると、八吉はいたが、玄沢の姿はなかった。彦次は玄沢がもどってから聞き込んだことを話そうと思い、通りに目をやっていると、小走りに近付いてくる玄沢の姿が見えた。

玄沢は彦次たちのそばに来ると、荒い息を吐きながら、

「ま、待たせたか」

と、声をつまらせて訊いた。

「おれたちも来たばかりで」

八吉が言った。

彦次は、玄沢の息が収まるのを待ち、

「嘉川屋の裏手には別棟の離れがあって、男を楽しませてくれるそうですぜ」

と、ふたりの男から聞いたことを口にした。

「あっしも、裏の離れに女郎がいると聞きやした」

八吉が言い添えた。

「わしも、その話は聞いたぞ。……他の女郎屋とちがって、うぶな若い娘もいるそうだ」

「禿《かむろ》ですかい」

八吉が訊いた、

「そうかもしれん」

玄沢の顔が厳しくなった。

「おせんは、まだ攫われてそれほど経ってねえ。まだ、男をとらされるようなことはねえはずだ」

彦次はそう言って、嘉川屋を睨むように見据えた。

「まだ、おせんは見習いだろうな」

　玄沢が言った。

　彦次、玄沢、八吉の三人は動かず、そば屋の脇から嘉川屋を見つめていた。

「親分の宗兵衛は、どこにいるのかな」

　玄沢がつぶやくような声で言った。

「宗兵衛の他にも、市川や子分たちが出入りするはずだ。嘉川屋の入口から、客と同じように子分たちが出入りするとは思えねえ」

　彦次が言った。

「そうだな。子分たちは別の場所にいるのかもしれん。……いずれにしろ、もうすこし、探ってみないと手は出せん」

　玄沢が言うと、彦次と八吉がうなずいた。

　彦次たち三人は、いっとき嘉川屋の店先に目をやっていたが、宗兵衛らしい男はむろんのこと、市川も子分たちも姿を見せなかった。

「どうしやす」

　八吉が彦次と玄沢に目をやって訊いた。

「もうすこし待とう。宗兵衛や子分たちが嘉川屋のどこにいるのか、知りたい」

玄沢が言った。

それから、半刻（一時間）ほど経ったろうか。嘉川屋の入口からふたりの男が出てきた。ふたりとも商家の旦那ふうだった。そのふたりにつづいて、女将らしい年増と女中らしい若い女が姿を見せた。ふたりの女は客の見送りに店から出てきたらしい。

ふたりの男が女将と女中に何やら声をかけると、「嫌ですよ。この男《ひと》ったら」と、女将が笑いながら言った。男が何か卑猥《ひわい》なことでも口にしたらしい。

女将の笑い声が収まると、ふたりの男は「また、来る」と女将に声をかけ、店先から離れた。

ふたりの男が通りに出て歩き始めると、女将と女中は踵を返して店に入ってしまった。

ふたりの男は何やら話しながら、八幡宮の方へ歩いていく。

「あのふたりから、訊いてきやす」

八吉はすぐにその場を離れ、行き来する人の間を縫うように走り、ふたりの男に追いついた。

八吉は、ふたりの男と何やら話しながら人通りのなかを歩いていたが、いっときすると足をとめた。八吉はふたりから離れ、彦次たちのいる方にもどってくる。

八吉は通行人の間を足早に歩き、そば屋の脇に来ると、

「嘉川屋の様子が知れやしたぜ」

と、荒い息を吐きながら言った。

「話してくれ」

玄沢が八吉に声をかけた。

「主人の宗兵衛は、店の裏手にある別棟に住んでるそうでさァ」

八吉が言った。

「別棟というと、離れか」

玄沢が訊いた。

「宗兵衛は、離れの二階に住んでるようです。二階に客は上げねえし、宗兵衛はあまり姿を見せねえそうで」

「宗兵衛は、どうやって子分たちを指図してるんだい」

彦次が訊いた。

「あっしが訊いた男たちは、噂話を聞いたことがあるだけで、詳しいことは知らねえと言ってやした」

「そうだろうな。宗兵衛が、客の目にとまるような場所で寝泊まりしているはずはねえからな」

彦次がつぶやくような声で言った。

彦次たち三人はそば屋の脇に身を隠して、さらに半刻（一時間）ほど嘉川屋を見張ったが、何人かの客が出入りしただけで、話の聞けそうな者は姿を見せなかった。

「今日は引き揚げやすか」

彦次が、玄沢と八吉に目をやって言った。

「そうだな。また明日だ」

玄沢が言うと、八吉が頷いた。

彦次たちはそば屋の脇から通りに出ると、人通りのなかを一ノ鳥居の方にむかった。今日のところは、このまま帰るつもりだった。

7

彦次たち三人が、通りに出て歩き始めたときだった。嘉川屋の脇から、遊び人ふうの男がひとり出てきた。源造である。源造は、庄兵衛店に踏み込んできた男たちの兄貴格だった。

……彦次と玄沢だ！

源造は胸の内で声を上げた。

源造は、彦次たちが嘉川屋を探っていたことを察知した。源造はすぐに嘉川屋の脇から、店の裏手にむかった。

裏手は広く、松や紅葉《もみじ》などの庭木も植えてあった。そこには客を入れる離れの他に、子分たちが寝泊まりしている別棟があった。源造はその別棟に飛び込んだ。

板戸をあけると狭い土間があり、その先に座敷があった。遊び人ふうの男がふたり、煙管《キセル》で煙草を吸っている。

「兄い、どうしやした」

源造の弟分の元造《もとぞう》が訊いた。

「市川の旦那は」

すぐに源造が訊いた。

「奥の座敷にいやす」

「すぐ呼んでこい」

「へい！」

元造はその場を離れ、右手にある廊下を奥にむかった。

待つまでもなく、慌ただしそうな足音がして、元造と市川が姿を見せた。

「源造、どうした」

市川が訊いた。

「庄兵衛店の彦次や玄沢が、嘉川屋を見張ってやした」

源造が声高に言った。

「それで、彦次たちはどうした」

「表通りを八幡橋の方にむかいやした」

「よし、後を追うぞ！　あいつら始末してやる」

市川はその場にいた元造に、

「仲間を集めて八幡橋のたもとに集まれ」

と指示すると、源造とふたりで嘉川屋の表に出た。そして、表通りを足早に大川の方にむかった。

彦次、玄沢、八吉の三人は、門前通りを西にむかって歩いていた。八幡宮から遠ざかったせいか、人通りがすくなくなったようである。それでも行き交う人の姿がとぎれることはなかった。

玄沢たちは掘割にかかる八幡橋を渡って富吉町《とみよしちょう》に入った。道幅が急に狭くなり、人影はまばらになった。

そのとき、背後から走り寄る足音が聞こえた。

彦次が振り返った。ふたりの男が走ってくる。源造と市川だった。そのふたりの背後に数人の男の姿が見えた。宗兵衛の子分たちらしい。

「源造と市川だぞ！」

彦次が、脇を歩いている玄沢と八吉に言った。

ふたりは足をとめて振り返った。近くに、源造と市川の姿があった。さらに、源造たちの背後から男たちが走ってくる。

　玄沢は走っても逃げきれないとみて、

「そこの板塀の陰に身を寄せろ！」

と、彦次と八吉に声をかけた。

　道沿いに、板塀を巡らせた仕舞屋があったのだ。

　彦次、玄沢、八吉の三人は板塀を背にして立った。玄沢をなかにし、彦次と八吉が左右に位置した。

　近くを通りかかった参詣客や遊山客などが悲鳴を上げて逃げ散った。武士の姿もあったが、巻き添えになるのを恐れたらしく、足早にその場を離れた。

「見ろ！　武士は市川ひとりだ。わしが市川の相手をする。彦次と八吉は、他のやつらに石を投げろ」

と、小声で言った。

「承知しやした」

　彦次は足元に転がっている手頃な石を拾った。

　八吉も十手を取り出さずに石を手にした。

「きゃつらの足がとまったら、隙を見て逃げるのだ」

玄沢はそう言うと、抜刀して脇構えにとった。

源造と市川が彦次たち三人に近付いてきた。

イヤアッ！

突如、玄沢が裂帛《れっぱく》の気合を発し、市川にむかって踏み込んだ。

源造と市川は驚いたような顔をして足をとめた。そして、市川が慌てて刀を抜いた。源造も懐から匕首を取り出した。

そのときだった。彦次と八吉が、手にした石を源造と市川にむかって投げた。

石が源造の額と市川の胸に当たった。

ギャッ！

と悲鳴を上げ、源造が後ろによろめいた。

市川は左手で胸を押さえて苦痛に顔をしかめている。

これを見た玄沢は素早い動きで身を引くと、「逃げろ！」と声を上げ、抜き身を手にしたまま走りだした。

彦次と八吉も反転して、玄沢の後を追った。

幻冬舎時代小説文庫フェア

最新刊

表示の価格はすべて本体価格です。

2020.

潮騒はるか

葉室　麟

生きるとは、真心を磨くこと。

蘭学を学ぶ夫・亮を追い、弟・誠之助と彼を慕う千沙と共に長崎に移り住んだ鍼灸医の菜摘。だがそこに、千沙の姉・佐奈が不義密通の末、夫を毒殺し、脱藩したとの報が舞い込む。佐奈の決死の逃避行に隠された真実とは。

610円

秀吉の活

木下昌輝

こんな秀吉、読んだことがない。天下人の素顔をさらけ出す！

信長への仕官のための就活、伴侶を求めた婚活、天下取りに走る天活……。豊臣秀吉の波瀾に満ちた生涯を「活」という一語を軸に十の時期に分け、これまでにない切り口で描いた新たな『太閤記』。

950円

飛猿彦次人情噺　攫われた娘

鳥羽　亮

金に群がる大悪党に怪盗の鉄槌！

長屋仲間の娘が姿を消したと聞いた彦次。人攫いなら、なぜ裕福ではない長屋の娘を狙ったのか？　娘の行方を追って大川端まで足を延ばした彦次は思わぬ噂を耳にする。人気シリーズ、第三弾！

書き下ろし

650円

キャラノベ

コンサバター
大英博物館の天才修復士
一色さゆり

美術修復士が審美眼を武器に事件を解決!

大英博物館の膨大なコレクションを管理する天才修復士、ケント・スギモト。彼のもとには、日々謎めいた美術品が持ち込まれる。実在の美術品にまつわる謎を解く、アート・ミステリー。

書き下ろし

750円

水上博物館アケローンの夜
嘆きの川の渡し守
蒼月海里

大学生の出流は将来を見失い閉館前の東京国立博物館で絶望していた。すると突然、どこからか大量の水が湧き飲み込まれてしまう。助けたのは舟に乗っ

630円

才能の正体
坪田信貴

「ビリギャル」は、奇跡なんかじゃない!

「私には才能がない」は、努力しない人の言い訳。「ビリギャル」を偏差値40UP&難関大学合格させた著者が説く、才能の見つけ方と伸ばし方。学生からビジネスパーソンまで唸らせる驚異のメソッドとは。

750円

ほんとはかわいくないフィンランド
芹澤 桂

気づけばフィンランド人と結婚して、ヘルシンキで暮らしてた。裸で会議をしたり、いつでもどこでもソーセージを食べたり、人前で母乳をあげたり……。暮らしてわかった

590円

首都圏パンデミック

大原省吾

新型ウイルスで東京壊滅か?

毒性の強い新型ウイルスが蔓延した飛行機が東京へ。感染者を助ける機内の医師、治療薬を探す研究者、首都圏封鎖も探る政治家――。未曾有の脅威と闘う人間を描くタイムリミット・サスペンス。

830円

吉本ばなな

お別れの色

どくだみちゃんとふしばな3

働いて、寝て、起きて、悩んで、苦しんで、笑って、ただ生きる。それが、幸せ。

630円

嵐の前の静けさ

どくだみちゃんとふしばな4

嵐が来た後に訪れるすばらしい晴天に向け、しっかり小舟の舵を取る。

オリジナル

630円

ヒトガタさま

椙本孝思

あなたはこの不条理に耐えられるか?

使えば太る、呪いの人形。1秒で1グラム、大したことはない。使いすぎなければ大丈夫。だが、女子高生の恋心は時に制御不能に陥る。気づけばほら、1キロ、2キロ……。戦慄のノンストップホラー。

書き下ろし

750円

令嬢弁護士桜子

チェリー・カプリース

鳴神響一

ヴァイオリンの恩師がコンサート中に毒殺されるという出来事に遭遇した弁護士の一色桜子。悲嘆にくれる桜子が後日、当番弁護士として接見した男は恩師が殺された事件の被疑者だった。待望の第二弾!!

書き下ろし

750円

捌き屋

行って来い

浜田文人

万博工事の契約解除は、練りに練られた復讐劇の序章!!

大阪での仕事を完遂して僅か二週間、鶴谷のもとへ盟友の白岩が新たな仕事を持ち込んだ。恩人の窮地を救う捌きだったが、そこには巧妙に練られた鶴谷への復讐劇が隠されていた……。

書き下ろし

710円

月夜の牙

義賊・神田小僧

小杉健治

仲間のためなら、一銭もいらねえ。

紙問屋のおかみに頼まれて用心棒になった浪人の九郎兵衛。直後に入った押し込みを辛くも退けるが、紙問屋の番頭はおかみが盗賊を手引きしたと言い始める……。日陰者が悪党を斬る傑作時代小説。

書き下ろし

690円

かえり花

お江戸甘味処 谷中はつねや

倉阪鬼一郎

甘い物と江戸の人情――。幸せいっぱいの時代小説。

谷中の門前町の一角に見世びらきした「甘味処 はつねや」亭主の音松と、おかみのおはつは門出を大雪で挫かれ前途多難。美味しい菓子と若い夫婦の奮闘、仲間の人情で多幸感溢れる時代小説。

書き下ろし

770円

弟切草

小烏神社奇譚

篠 綾子

兄弟をつなぐ一輪の花。その花言葉は、「恨み」。

小烏神社の宮司・竜晴は、人付き合いが悪くて無愛想。唯一の友人は、医者で本草学者の泰山。ある日、薬種問屋の息子が毒に倒れ、彼の兄も行方知れずに。二人は兄弟の秘密に迫れるか――。

書き下ろし

770円

頂上至極

村木 嵐

何度負けても立ち上がる。武士の誇りが光る傑作歴史小説。

宝暦三年（一七五三）、将軍から突如木曽川普請を命じられた薩摩藩。重なる借財、烈しく強かな百姓、貧苦に喘ぐ故郷の妻子、疫病に倒れる藩士達と、総奉行・平田靱負に次々と難題が持ちあがる。

810円

「ま、待て！」

源造が左手で額を押さえて、玄沢たちの後を追った。左手の指の間から血が赤い筋を引いて流れ落ちている。

源造につづいて、市川も抜き身を手にして後を追ったが、足は遅かった。石の当たった胸が痛いらしく顔を歪めている。

彦次たち三人は、背後から聞こえていた足音がやむと、足をとめて振り返った。源造と市川、それに数人の男たちの姿が遠方に見えた。源造たちは足をとめて路傍に立っている。追うのを諦《あきら》めたらしい。

「逃げられた！」

彦次が声を上げた。

玄沢と八吉は荒い息を吐きながら足をとめた。そして、源造たちが路傍に立っているのを目にすると、

「何とか逃げられたな」

玄沢が苦笑いを浮かべて言った。敵と立ち向かわず、石を投げて逃げる作戦がうまくいったと思ったようだ。

第四章　救出

1

「おまえさん、どうしたんです、その恰好」

おゆきが彦次の姿を見て訊いた。おゆきのそばにいた娘のおきくは、何がおかしいのか笑っている。

彦次は縞柄《しまがら》の小袖に黒羽織姿だった。商家の若旦那のような恰好をしていた。小袖と黒羽織は、玄沢が昔着ていた物を借りてきたのだ。

「玄沢さんが若いころ着ていた物らしい」

彦次が言った。

「玄沢さんに借りたんだって」

おゆきが、おきくと顔を見合わせて笑みを浮かべた。彦次は黒羽織など着ることはなかったので、別人のように見えたのかもしれない。

「そうだ」

「そんな恰好をして何処へ行くの」

おゆきが真顔になって訊いた。

「深川だが、まだ権助たちには話すなよ」

彦次は念を押した後、

「攫われたおせんの居所が知れたんだが、出入りするのが難しいところでな。それで、金持ちらしい恰好をしたんだ」

と声をひそめて言った。

「おまえさん、危ないところじゃァないんですか」

おゆきが眉を寄せて心配そうな顔をした、

「心配することはない。玄沢さんと岡っ引きの八吉親分が一緒だから」

そう言って彦次は立ち上がると、土間に足をむけた。

彦次は戸口まで見送りに出たおゆきとおきくに、

「帰りが遅くなったら、先に寝ろ」

と言って戸口から離れた。

玄沢の家に立ち寄ると、玄沢も身仕度を終えていた。小袖に軽衫《カルサン》姿だった。菅笠を持っている。武士の旅人のように見える。

「出かけやすか」

彦次が声をかけた。

「行くか」

玄沢は、大刀を手にして土間へ下りた。すでに小刀は腰に差している。

彦次と玄沢は庄兵衛店から仙台堀沿いの道に出た。そして、八吉の営む飲み屋に足をむけた。彦次たちは八吉も連れて深川へ行くつもりだった。

仙台屋の店先に縄暖簾が出ていた。店はひらいているようだが、店内は静かだった。まだ昼前ということもあって客はいないのだろう。

彦次たちは縄暖簾を分けて店に入った。

八吉が飯台を前にして空き樽に腰をかけていた。小袖に羽織姿だった。岡っ引きには見えない。商家の旦那ふうだった。

「待たせたか」

玄沢は腰を下ろさずに立ったまま訊いた。このまま出かけようと思ったらしい。

彦次も玄沢の脇に立ったままである。

「ちょいと気になることがあるんでさァ」

八吉が眉を寄せて言った。

「何が気になるんだ」

玄沢が訊いた。

「親分の宗兵衛でさァ」

「宗兵衛が、どうかしたのか」

玄沢は近くに置いてあった腰掛け代わりの空き樽に腰を下ろした。話が長くなると思ったらしい。

彦次も空き樽に腰を下ろして、玄沢に目をやった。

「親分の宗兵衛の姿が、まったく見えねえ」

八吉が、玄沢と彦次に目をやって言った。

「どういうことだ」

黙って聞いていた彦次が口を挟んだ。

「あっしらは宗兵衛が嘉川屋にいると決め付けているが、一度も姿を目にしてねえ。それに、親分の宗兵衛が嘉川屋から出かけた様子もねえ」

「そう言えばそうだ。宗兵衛の姿を目にしてねえ」

彦次が首を捻った。

玄沢も首を傾げている。

「他にも腑に落ちねえことがあるんでさァ」

「何だい」

彦次が訊いた。

「嘉川屋でさァ。……嘉川屋は料理屋で、裏手にある別棟の離れには女郎がいるようだ。攫われたおせんは禿として離れにいるらしい」

「そうらしいが、何が腑に落ちないのだ」

玄沢が訊いた。

「深川は女郎屋が多いことで知られた地でさァ。女郎屋だけの店もあるが、料理屋に女郎を置いて楽しませる店もありやす」

「そうだな」

玄沢がうなずいた。

「嘉川屋は若い娘を攫ったことにかかわったが、他のことは他の店と変わらねえ。それなのに、宗兵衛は八丁堀の旦那を避けているらしく、まったく姿を見せねえ。それに子分たちが大勢出入りしている。しかも、市川や源造など主だった子分は嘉川屋で寝泊まりしてるんですぜ。……あっしは、嘉川屋は女郎のいる料理屋として客を入れるだけでなく、何か他の悪事も働いているような気がするんでさァ」

八吉が、いつになく厳しい顔をして言った。

「言われてみれば、嘉川屋は女郎のいる料理屋というだけではないようだ」

玄沢がつぶやくような声で言った。

次に口をひらく者がなく、その場が重苦しい沈黙につつまれたとき、

「吉助と宗吉を連れてきやしょうか。ふたりなら知っているかもしれねえ」

彦次が身を乗り出して言った。

吉助と宗吉は庄兵衛店にいるはずだった。宗兵衛の子分だったふたりなら、嘉川屋のことも知っているはずだ。

「そうだな。ふたりなら知っているかもしれん」

玄沢が言った。

「あっしがふたりを呼んできやす」

そう言い残し、彦次は店から飛び出した。

2

彦次は庄兵衛店にもどると、自分の家にも立ち寄らず、まっすぐ吉助と宗吉の住む家にむかった。

吉助と宗吉は長屋に腰を落ち着けると、自力で暮らしていくために、口入れ屋の紹介で、船荷を運ぶ人足や建築場の日傭取りなどに出て銭を稼いでいるようだった。それでも仕事に出る日はすくなく、長屋に燻《くすぶ》っていることが多かった。

彦次が吉助たちの住む家の前まで来ると、なかから男の話し声が聞こえた。吉助と宗吉が話しているらしい。

彦次は腰高障子の前で足をとめ、

「彦次だ。いるかい」

と、声をかけた。

　すると、家のなかから「いやす、入《へえ》ってくだせえ」と吉助の声がした。

　彦次は、腰高障子をあけて土間に入った。

　吉助と宗吉は座敷のなかほどで胡座《あぐら》をかいていた。ふたりは、湯飲みを手にしている。茶を飲んでいたようだ。

「朝めしは食ったのかい」

　彦次が訊いた。

「食いやした。……今日は仕事がねえんで、家で茶を飲んでたんでさァ」

　吉助が言うと、宗吉がうなずいた。

「ちょうどいい。おれと一緒に来てくれねえか。……訊きてえことがあるんだ」

「何処へ行きやす」

　吉助が身を乗り出して訊いた。

「仙台堀沿いにある仙台屋だ」

「や、八吉親分のところですかい」

　吉助が声をつまらせて訊いた。脇にいた宗吉も不安そうな顔をしている。ふたりは八吉が岡っ引きと知っているようだ。

「心配するな。八吉親分はおめえたちふたりを仲間と思っているから」

彦次が苦笑いを浮かべて言った。

「そうですかい」

吉助がほっとしたような顔をして腰を上げると、宗吉も立ち上がった。

彦次は吉助と宗吉を連れて仙台屋に入った。腰掛け代わりの空き樽に腰を下ろしていた玄沢が、

「そこに腰をかけてくれ」

と言って、飯台の脇にある空き樽に手をむけた。

吉助と宗吉は、首をすくめて玄沢に頭を下げた後、空き樽に腰を下ろした。

「一杯、飲むか」

玄沢が訊くと、ふたりは首をすくめるようにうなずいた。

玄沢は立ち上がり、板場にいる八吉に、

「酒を頼む。肴はあるものでいい」

と、声をかけた。

いっときすると、八吉と女房のおあきが、銚子と猪口、それに小鉢に入った煮染《にしめ》と漬物を運んできた。

「まだ、こんな物しかねえんだ」

八吉が言い、店にいた男たちの前に持ってきた酒と肴を並べた。

おあきは男たちに頭を下げると、すぐに板場にもどってしまった。男たちの話の邪魔にならないように気を遣ったらしい。

玄沢は、男たちが酒で喉《のど》を潤すのを待ってから、

「吉助と宗吉に、訊きたいことがあるのだ」

そう切り出し、手にした猪口を飯台に置いた、
吉助と宗吉も猪口を置いて、玄沢に顔をむけた。

「わしらは、攫われた長屋の娘のおせんを連れ戻そうと深川の嘉川屋を探ったのだ」

玄沢はそう言って、いっとき間を置いた。

吉助と宗吉は、驚いたような顔をして玄沢、彦次、八吉の三人に目をやった。三人で嘉川屋を探っているとみたのだろう。

「おせんは嘉川屋にいるらしいが、はっきりせぬ」

玄沢はそう言った後、

「それに腑に落ちないことがあってな。ふたりに訊いてみようと思い、ここに来てもらったのだ」

と言い添えた。

「何です」

吉助が訊いた。

「親分の宗兵衛は、嘉川屋に住んでいるのか」

玄沢が念を押すように訊いた。

「住んでいやす」

すぐに吉助が言った。

「嘉川屋のどこに住んでいる。客を入れる店ではあるまい」

「裏手にある離れでさァ」

「裏の離れには、客を入れる座敷の他にも部屋があるのか」

「ありやす。客を入れるのは裏の離れの一階の三部屋だけでしてね。二階に女郎や禿、それに親分夫婦の住む部屋がありやす」

　吉助が言った。

「子分たちは」

「別棟に、寝泊まりしてやす」

　吉助によると、別棟といっても平屋造りで、二部屋あるだけの家屋だという。そこに子分たちは寝起きしているが、主だった子分は別の場所に妾《めかけ》を囲っている者もいるし、自分の家を持っている者もいるそうだ。

「市川や源造は、嘉川屋にいないときもあるのだな」

　玄沢が念を押すように訊いた。

「ありやすが、嘉川屋にいるときが多いようでさァ」

「そうか」

　玄沢が、彦次と八吉に目をむけ、「何かあったら、訊いてくれ」と声をかけた。

「おれは腑に落ちないことがあるんだ」

　八吉はそう言った後、

「料理屋に女を置いて客を楽しませるのは他の店と変わらねえ。それなのに子分たちが何人も寝泊まりしている。それに、親分の宗兵衛はあまり姿を見せねえようだが、何か理由《わけ》があるのかい」

と、吉助と宗吉に目をやって訊いた。

「市川の旦那や源造兄いが嘉川屋にいることが多いのは、賭場《とば》のせいかもしれねえ」

吉助が言った。

「賭場だと！」

八吉が聞き返した。

彦次と玄沢も驚いたような顔をして吉助を見た。

「嘉川屋の裏手に、賭場があるのか」

すぐに八吉が訊いた。

「裏手には、ねえ」

「どこにある」

「あっしは話に聞いただけで、行ったことがねえんで」

吉助が言うと、脇にいた宗吉も「あっしも賭場に行ったことはねえんで」と脇から口を挟んだ。

「深川にあるのか」

　八吉が訊いた。

「黒江町にあると、聞きやしたぜ」

「遠くないな」

「へい、賑やかな門前通りには出ずに、嘉川屋の裏手の道を通って行けるそうで」

「そうか」

　吉助が口をつぐむと、その場は重苦しい沈黙につつまれたが、

「嘉川屋の裏の離れに来る客のなかに、賭場に行く者がいるんじゃァねえのか」

　と、彦次が訊いた。

「いやす。裏の離れに来る客の目当ては酒と女。それに博奕《ばくち》でさァ」

　吉助が身を乗り出して言った。

「酒と女と博奕か」

　彦次が虚空を睨むように見据えて言った。

3

吉助と宗吉が長屋に帰った後、彦次たちは黙したまま手酌で酒を飲んでいたが、

「賭場がどこにあるか突き止めれば、宗兵衛や子分たちをお縄にできる」

と、彦次が言った。

「わしら三人だけで裏手に踏み込み、子分たちに訊くのは無理だぞ」

玄沢が、厳しい顔をして言った。

「店の裏にある離れから出てきた客に訊けば、分かるかもしれねえ」

彦次が言った。

「そうだな。嘉川屋を見張って、店の脇から出てきた客に話を訊いてみるか」

玄沢は、裏にある離れから出てきた客は表の店のなかを通らずに、脇から出てくるはずだ、と言い添えた。

「嘉川屋を見張りやしょう」

八吉が立ち上がった。

彦次たちは、深川へ行くために身装《みなり》を変えて来ていたので、そのままの姿で嘉川屋を見張ることができる。

彦次たち三人は仙台屋を出ると、仙台堀沿いの道を西にむかい、大川端に出た。そして、川下にむかって歩き、永代橋のたもとを過ぎてから左手の通りに入った。

彦次たちは掘割にかかる八幡橋を渡ったところで、路傍に足をとめた。そこは富ヶ岡八幡宮の門前通りで、行き交う人の姿が多かった。

玄沢が言った。

「さて、顔を隠すか」

彦次、玄沢、八吉の三人は、それと知れないように身装を変えてきたが、顔を変えることはできない。

玄沢は顔を隠すために持ってきた菅笠を被った。

彦次と八吉は商家の旦那ふうの恰好をしてきたので、そのままだった。下手《へた》に顔を隠すとかえって不審の目で見られる。

彦次たち三人はすこし間を置いて八幡宮の方にむかった。そして、嘉川屋から半町ほど離れたところにあるそば屋の脇に身を隠した。そこは、以前彦次たち三人が嘉川屋を見張るために身を隠した場所である。

彦次たちがその場に身を隠して一刻（二時間）ほど経った。嘉川屋の表からは何人かの客が出入りしたが、脇から出てきた者はいなかった。

「出てこねえなァ」

八吉が生欠伸《なまあくび》を嚙《か》み殺して言った。

「別に出入口があるのかな」

彦次が言った。表の通りから嘉川屋の裏手の離れに行くには、嘉川屋の脇から出入りするとみていたが、別の場所があるのかもしれない。

「あっしが裏手を覗いてきやす」

そう言って、彦次が通りに出ようとした。

その足が、とまった。

嘉川屋の脇から客らしい男がひとり出てきたのだ。小袖に羽織姿である。商家の若旦那といった感じである。裏の離れで楽しんだ帰りであろう。

男は賑やかな表通りに出ると、八幡宮の方に足をむけた。

「あの男に訊いてきやす」

彦次はそう言い残し、ひとりで表通りに出た。

彦次は行き交う人のなかに紛れ、若旦那ふうの男に近付いていく。そして、嘉川屋から一町ほど離れたところで追いつき、

「すまねえ。訊きてえことがあるんだが」

と声をかけた。

男は驚いたような顔をして足をとめ、

「おれかい」

と彦次に訊いた。

「いま嘉川屋から出てきたのを目にしてな。やることが、おれと似ているような気がして声をかけたんだ」

彦次は商家の若旦那のような恰好をしていたので、そう言ったのだ。

男は彦次の恰好を見て、

「店は、どこにあるんだい」

と穏やかな声で訊いた。彦次のことを商家の若旦那と思ったらしい。

「門前町《もんぜんちょう》だ」

彦次は咄嗟に頭に浮かんだ町名を口にした。永代寺《えいたいじ》門前町は八幡宮の東西にひろがっている広い町である。

「門前町かい。……それで、おれに何か用かい」

そう言って男は歩きだした。

「嘉川屋の裏手には、いい女がいるそうだな」

彦次が男に身を寄せて言った。

「いい女はいるが、おれは女を抱きに来たんじゃァねえ」

男が急に声をひそめた。

「これかい」

そう言って彦次は壺《つぼ》を振る真似《まね》をした。

「よく知ってるな。裏の離れに来た客のなかには賭場へ行く者もいる」

男は上目遣いに彦次を見た。

「おれは、女より博奕がいい」

彦次はそう言った後、

「賭場へ行ったことがあるのかい」

と小声で訊いた。

男は歩調を緩めただけで黙っていたが、彦次の方に顔をむけ、

「あるよ」

と小声で言った。

「教えてくれねえか。……一勝負したいのよ」

彦次が男にさらに身を寄せた。

「黒江町だが、掘割の近くだ」

男が歩調を緩めて言った。

「掘割の近くと聞いても、どこか分からねえな。この辺りは掘割が多いからな」

「八幡橋のたもとを右手に入ってな、堀割沿いの道を二町ほど歩くと、嘉川屋の旦那が囲っていた妾の家がある。そこが賭場だ」

男が声をひそめて言った。

「嘉川屋の裏の離れから、表通りに出なくても行けるのか」

「行ける。宗兵衛親分も子分たちも、その裏通りを辿って賭場へ行き来しているようだ」

「そうかい」

彦次は、宗兵衛や子分たちが嘉川屋の裏手にいる理由が分かった。賑やかな表通りへ出なくても賭場へ出入りできるからだ。

「賭場へ、顔を出してみるか」

彦次はそうつぶやいて足をとめた。

4

彦次は玄沢と八吉が身を隠しているそば屋の脇にもどった。

「賭場のある場所が知れたぞ」

彦次はそう言って、男から聞いたことを一通り話した。

「店の裏手から表通りに出ずに、賭場に出入りしていたのか」

玄沢が納得したような顔をした。

「それにしてもうまい場所を賭場にしたな。……離れに来た金持ちをひそかに賭場に誘えるわけだ」

八吉が感心したような顔をして言うと、

「それに、お上の目も逃れられる」

玄沢が言い添えた。

その場の三人のやり取りがとぎれたとき、

「どうしやす」

と、彦次が訊いた。

「これ以上、嘉川屋を見張ることはないな。どうだ、賭場があるという場所に行ってみないか」

玄沢が言うと、

「行きやしょう」

八吉は乗り気になった。

彦次たち三人はそば屋の脇から賑やかな門前通りに出た。いっとき歩くと、掘割にかかる八幡橋のたもとに出た。

「こっちだ」

そう言って彦次が右手の道へ足をむけた。そこは掘割沿いにつづいている道で、人通りはすくなかった。近所の住人らしい子供連れの女や年寄り、風呂敷包みを背負った物売りなどが通りかかるだけである。

彦次たちが掘割沿いの道に入って二町ほど歩いたとき、通り沿いにある仕舞屋が目に入った。妾宅ふうの家屋である。

その家は通りからすこし入ったところにあり、家の前は狭い空き地になっていて雑草が繁茂していた。その雑草だらけの地に、掘割沿いの道から仕舞屋の戸口まで地面が踏み固められていた。その場所を通って賭場である仕舞屋まで行くようになっているらしい。

「あれが、賭場か」

玄沢が仕舞屋からすこし離れた路傍に足をとめて言った。

「宗兵衛が情婦《いろ》を囲っていた家かもしれねえ」

彦次が言った。

「賭場には、いい場所だぜ」

八吉が、賭場の客は集まりやすいし、町方の目にはとまりにくい場所にある、と話した。

そのとき、仕舞屋の表戸があいた。そして人影があらわれた。ふたり——。遊び人ふうの男である。

「猪之助だ！」

彦次が声を上げた。姿をあらわしたひとりは猪之助だった。

猪之助は、熊井町でおのぶという情婦と一緒に暮らしていたのだ。彦次たちは、猪之助も人攫いの一味のひとりとみて身辺を探ったことがある。

「ここに、いたのか」

玄沢が猪之助に目をやりながら言った。

彦次たちは踵を返し、通行人を装って、来た道を引き返した。そして、通り沿いで枝葉を茂らせていた椿《つばき》の陰に身を隠した。

「ふたりとも宗兵衛の子分だな」

八吉が言った。

「賭場をひらく仕度をするために、先に来たのではないか」

玄沢は身を乗り出して仕舞屋を見ている。

「そろそろ賭場をひらくころかもしれねえ」

そう言って、彦次は西の空に目をやった。

陽は西の空にまわりかけていた。七ツ（午後四時）ごろかもしれない。

それからいっときすると、彦次たちが来た道を、ひとり、ふたりと職人ふうの男や遊び人、それに商家の旦那ふうの男などが通りかかった。そして、仕舞屋のなかに入っていった。賭場の客である。

「見ろ！　賭場の脇の道を」

玄沢が声を殺して言い、脇の道を指差した。

そこは細い道で、先程見たときは人影がなかった。その道を七、八人の男が歩いてくる。

市川と源造の姿があった。遊び人ふうの男が五、六人いる。その男たちのなかに黒羽織に小袖姿の男の姿があった。五十がらみと思われる恰幅《かっぷく》のいい男である。

「あの男が、宗兵衛か！」

彦次が声を殺して言った。

「間違いない。宗兵衛だ」

玄沢は、睨むように男たちの一行を見据えている。

「宗兵衛は、貸元《かしもと》として賭場に顔を出したようだ」

　八吉が言った。

　宗兵衛たちは脇道から仕舞屋の前にむかった。すると、先程戸口に姿を見せた猪之助ともうひとりの男が、慌てた様子で出てきた。そして、宗兵衛たち一行を出迎えた。

　宗兵衛たちは戸口から仕舞屋へ入っていく。

　その後も、何人か賭場に来たらしい男が仕舞屋のなかに入っていった。

　辺りが夕闇につつまれ、仕舞屋から灯が洩れるころ、賭場に入っていく者はいなくなり、なかから男たちのどよめきが聞こえたり、静寂につつまれたりするようになった。博奕が、始まったのである。

「どうしやす」

　八吉が訊いた。

「もうすこし様子をみよう」

　玄沢が、宗兵衛たちがどう動くのか見たい、と言い添えた。

「宗兵衛は賭場の貸元として姿を見せたようだ。そう長くはいないはずですぜ」

　彦次が言った。

「わしも宗兵衛はじきに出てくるとみている」

玄沢がそう言ったときだった。

「出てきやした！」

八吉が声を上げた。

見ると、仕舞屋の出入口に何人もの男の姿が見えた。

宗兵衛、市川、源造、それに遊び人ふうの男が三人いた。来たときよりふたりすくなくなっている。おそらく、ふたりの男は賭場に残ったのだろう。壺振りと中盆《なかぼん》かもしれない。中盆は親分に代わって賭場を仕切る男である。

「宗兵衛たちを押さえやすか」

八吉が身を乗り出して言った。

「駄目だ。いま手は出せない。……おせんを助け出すのが先だ」

玄沢が彦次と八吉に目をやって言った。

5

彦次たちが黒江町にある賭場をつきとめた翌朝、玄沢の家に彦次と八吉が顔を見せた。

昨夜、彦次たちは黒江町からの帰りに、翌朝、玄沢の家に集まって相談しようと話してあったのだ。

玄沢の家に集まることにしたのは、長屋にいる吉助と宗吉に訊くことがあれば、呼ぶことができるからだ。

「旦那、朝めしは」

彦次が玄沢に訊いた。五ツ（午前八時）を過ぎていたが、玄沢は朝めしを食べていないのではないか。

「朝めしはすませた。今朝な、めずらしく早く起きて飯を炊いたのだ」

玄沢が目を細めて言った。

「見掛けによらず、旦那はまめらしい」

八吉が笑みを浮かべた。

「それで、わしらはどう動く」

玄沢が声をあらためて訊いた。

「宗兵衛たちが賭場に出かけたときを狙って、嘉川屋の裏手に踏み込み、離れにいるおせんを助け出しやすか」

彦次が玄沢と八吉に目をやって言った。

「わしもそれしかないと思っているが、懸念がある」

玄沢が眉を寄せた。

「話してくだせえ」

八吉が言った。

「宗兵衛たちが、嘉川屋を出て賭場にむかうのは七ツ（午後四時）ごろだったな。まだ、陽は高いし、店の裏手には客もいる」

「暗くなるのを待ちやすか」

「それしかないが、宗兵衛たちが嘉川屋にもどる前におせんを助け出さねば、宗兵衛が連れていった市川たちと戦わねばならなくなる。……わしら三人だけでは返り討ちに遭うぞ」

「…………」

八吉が厳しい顔をして口をつぐんだ。

次に口をひらく者がなく、座敷は重苦しい沈黙につつまれたが、

「明け方がいい」

と彦次が言った。

玄沢と八吉の目が彦次にむけられた。

「宗兵衛たちは、夜が遅い。明け方なら宗兵衛も子分たちも眠っているはずだ。それに客もいない。明け方、嘉川屋の脇から忍び込んで、裏の離れにいるおせんを助け出しやしょう」

「それしか手はないな」

玄沢が言うと、八吉もうなずいた。

「いつ、やりやす」

彦次が訊いた。

「どうだ、今日、もう一度嘉川屋の様子を探って、変わった動きがなければ明朝踏み込んだら」

玄沢が言った。

「そうしやしょう」

彦次たち三人の話はそれでまとまった。

その日、彦次たち三人は、嘉川屋の者に気付かれないように変装して深川にむかうことにした。変装といっても、これまでと同じ恰好をするだけである。

彦次は縞柄の小袖に黒羽織姿だった。以前と同じ商家の若旦那ふうである。玄沢も小袖に軽衫姿で菅笠を手にしていた。

彦次と玄沢は長屋を出ると、途中、八吉の住む仙台屋に立ち寄った。八吉も、以前と同じ商家の旦那ふうに変装していた。

三人は大川端の道を川下にむかい、永代橋を過ぎてから左手の通りに入った。その通りは富ヶ岡八幡宮の門前通りにつづいている。

門前通りを東にむかい、前方に嘉川屋が見えてきたところで、玄沢は菅笠を被って顔を隠した。彦次と八吉はそのままである。

「また、そば屋の脇で様子を見やすか」

歩きながら彦次が訊いた。

「そうしよう」

玄沢が言い、三人はそば屋の脇に身を隠した。そこから嘉川屋の様子を見るとともに、子分たちの動きを探るのである。

「嘉川屋は、変わりないようだ」

玄沢が言った。

「離れの様子を、訊いてみやしょう」

彦次は、嘉川屋の脇から出てきた客に訊けば離れの様子が知れる、と言い添えた。

それから、半刻（一時間）ほど経ったが、嘉川屋の裏手に通じている店の脇の小《こ》径《みち》からは誰も姿を見せなかった。

「嘉川屋の脇から、覗いてみやすか」

八吉が言った。

「待て、そのうち出てくるはずだ」

玄沢がそう言ったとき、嘉川屋の脇から商家の旦那ふうの男がふたり、姿を見せた。離れで商談でもしたのだろうか。おそらく商談を名目にして、酒と女を楽しんできたにちがいない。

「あっしがふたりに訊いてきやす」

そう言い残し、八吉がその場を離れた。

八吉はふたりの男に追いついて話しながら歩いていたが、足をとめると踵を返して彦次と玄沢のいる場にもどってきた。

「どうだ、様子は」

玄沢が訊いた。

「宗兵衛たちは警戒しているようですぜ」

八吉が眉を寄せて言った。

「どういうことだ」

「ふたりの話だと、嘉川屋の裏手の物陰に遊び人ふうの男がいて、それとなく出入りする者に目をやっていたそうで」

「わしらの動きに気付いたかな」

玄沢が厳しい顔をして言った。

「あっしらが以前、嘉川屋を探っていたんで、用心してるのかもしれねえ」

「いずれにしろ、明朝も裏手に踏み込むのは無理だな。おせんを人質にされたら手が出せぬ。……しばらく、様子を見てからだな」

「ともかく今日は帰《けえ》りやすか」

彦次が言った。

「そうだな」

玄沢がうなずいた。

彦次たち三人はそば屋の脇から表通りに出ると、来た道を引き返した。

6

彦次と玄沢は深川からの帰りに、八吉の店に立ち寄った。一杯やりながら、これからどうするか、二人で相談するためである。

彦次と玄沢が飯台を前にしていっとき待つと、八吉と女房のおあきが酒と肴を運んできた。

肴は漬物と煮染しかなかった。おあきひとりで店をやっていたので、肴の準備ができなかったのだろう。もっとも、彦次たち三人は酒好きなので、酒が存分に飲めれば肴はあまり気にしない。

彦次たち三人は酒でいっとき喉を潤した後、

「おせんを無事に助け出すのは、難しいな」

と玄沢が切り出した。

「おせんは人質に取られているのと同じですぜ」

彦次が言った。

次に口をひらく者がなく、酒を飲む音だけがしていたが、

「いっそのこと、八丁堀の島崎の旦那に話しやすか」

八吉が言った。

北町奉行所の定廻り同心の島崎源之助とは、これまでも事件の探索にあたったことがあった。それに、岡っ引きの定次郎が殺されたとき、島崎は事件現場に来ていたので、人攫い一味のことは知っているはずである。

「駄目だ。町方が嘉川屋に踏み込む前に、宗兵衛たちは娘を攫ったことを隠すために、おせんを隠すか殺すかするぞ」

玄沢が言った。

彦次も玄沢と同じことを考えていた。町方に話すのは、おせんや攫われた他の娘を助け出してからである。

「どうだ、宗兵衛たちが賭場へ行くために嘉川屋を出たときを狙うか」

玄沢が言った。

「玄沢の旦那、嘉川屋には子分たちが残っていやすぜ。それに客もいやす。あっしらが踏み込んで斬り合いになれば大騒ぎになりやす。おせんたちを助け出すどころか、下手をすると、あっしらが返り討ちに遭う」

八吉が厳しい顔をして言った。

「そうだな」

玄沢が肩を落とした。

三人は何も言わず、手酌で酒を飲んでいたが、

「あっしが、おせんを助け出しやす」

彦次が目をひからせて言った。彦次の顔に飛猿と呼ばれた盗人だったころを思わせる凄みがあった。

玄沢と八吉は酒を飲む手をとめ、彦次に目をやった。

「あっしが、離れに忍び込みやす」

さらに彦次が言った。

玄沢は彦次を見つめていたが、

「彦次に頼む」

と言って、ちいさくうなずいた。玄沢は、彦次が飛猿にもどり、離れに忍び込むつもりだと気付いたのだ。

八吉もうなずいた。口には出さなかったが、彦次が飛猿だと気付いていたのかもしれない。

「それで、いつ離れに忍び込む」

玄沢が訊いた。

「明後日《あさって》の丑《うし》ノ刻《こく》（午前二時）ごろ」

彦次は、明日、離れから出てきた客になかの様子を訊いてみると話した。

「ならば明日も深川に行こう」

玄沢が言うと、八吉がうなずいた。

その日、彦次と玄沢は酒をほどほどにして庄兵衛店にもどった。

玄沢は家の戸口まで来て足をとめ、

「彦次、もう一度、長屋にいる吉助と宗吉に、裏手にある離れのことを訊いてみるか」

と、彦次に声をかけた。

「そうしやす」

「わしがふたりを呼んでこよう」

玄沢はそう言い置き、足早に吉助と宗吉の住む家にむかった。

待つまでもなく、玄沢は吉助と宗吉を連れてくると、

「入ってくれ」

と、彦次に目をやって言った。

玄沢は、彦次たち三人が座敷に腰を下ろすと、

「帰ってきたばかりでな。茶も酒も出せぬぞ」

そう言ってから「彦次、訊いてくれ」と小声で言い添えた。

「嘉川屋の裏手のことを知りてえんだ」

彦次が、吉助と宗吉に目をやって言った。

「何を知りてえんです」

「攫った娘がいるのは店の裏手にある離れだな」

吉助が訊いた。

彦次が念を押すように言った。

「そうでさァ」

吉助が言うと、脇に座していた宗吉がうなずいた。

「離れには、一階に客を入れる部屋があり、二階に女郎や禿、それに親分の宗兵衛夫婦の住む部屋があると聞いたが、間違《まちげ》えねえか」

「間違えねえ」

吉助が言った。

「女郎と禿は、二階のどの部屋だ」

「階段を上がってすぐでさァ。二部屋あって、そこに寝泊まりしているはずで」

「宗兵衛夫婦は」

「二階の奥の座敷でさァ」

「そうか」

彦次が、その場にいた玄沢に「すみやした」と小声で言った。

玄沢は吉助と宗吉に目をむけ、

「攫われたおせんを助け出せたら、一緒に一杯飲もう」

と言って腰を上げた。

彦次も立ち上がり、玄沢たちと一緒に戸口から出た。今日は、このままおゆきとおきくの待っている家にもどるつもりだった。

7

翌日、彦次は暗くなってから庄兵衛店の家を出た。そして、彦次は玄沢の家で、闇に溶ける黒の腰切半纏と黒股引に着替えた。おゆきとおきくの手前、盗人のような恰好で家を出られなかったのだ。

彦次は夜が更けてから、玄沢が仕度してくれた握りめしで腹拵《はらごしら》えをし、玄沢とふたりで長屋を後にした。

彦次たちは大川端の道を経て、富ヶ岡八幡宮の門前通りに出た。日中は賑やかな門前通りも、いまは人影がすくなかった。ときおり酔った男や夜鷹《よたか》らしい女などが通りかかるだけである。

彦次と玄沢は嘉川屋の前まで来て足をとめた。

嘉川屋には淡い灯の色があったが、店の入口の暖簾は外されていた。店は静寂につつまれている。

「踏み込むか」

玄沢が彦次に訊いた。

「へい」

「わしも裏手にまわってみよう」

玄沢は裏手にある棟の前までは行くが、後は彦次に任せ、離れに踏み込まないことを話した。

彦次は無言でうなずき、嘉川屋の入口に近付いた。そして、辺りに人がいないことを確かめてから、店の脇を通って裏手にむかった。

裏手は深い夜陰に包まれていた。二階建ての客を入れる離れが、黒く聳《そび》え立つように感じられる。その離れの斜向かいに平屋造りの別棟があった。子分たちの寝起きする部屋のある棟である。その棟も夜陰につつまれ、洩れてくる灯はなかった。

ただ、布団を撥《は》ね除《の》けるような音や鼾《いびき》の音などがかすかに聞こえた。子分たちは眠っているようだ。

彦次は二階建ての離れの入口まで来ると、閉まっている格子戸《こうしど》に手をかけて引いた。格子戸はかすかに動いたがひらかなかった。内側に心張り棒が支《か》ってあるらしい。

彦次は懐から短く折ってある針金を取り出した。そして、針金を伸ばすと、先を何かに引っ掛けるように折り曲げ、狭い格子の間から差し込んだ。

彦次は針金を格子戸の外側から動かしていたが、カチッ、という音が戸の内側でした。何か硬い物が土間に落ちたような音である。

彦次は、針金を丸めて懐にしまってから格子戸に手をかけ、音のしないようにそろそろとあけた。そして、人が入れるだけの隙間ができると、

「なかに入りやす。旦那はここにいてくだせえ」

玄沢に小声で言い、格子戸の隙間からなかに入った。

建物のなかは暗かった。それでも、夜目の利く彦次には建物のなかの様子が見てとれた。

戸の内側は土間だった。その先が狭い板間になっている。板間の先に障子がたててあった。

……だれもいねえ。

彦次は胸の内でつぶやいた。障子の先の座敷に人のいる気配はなかった。

左手に廊下があり、その廊下沿いに座敷があるようだった。以前、彦次は吉助から、客を入れるのは一階の座敷、と聞いていた。おそらく客は帰って、いまは座敷にだれもいないのだろう。

……おせんのいるのは、二階だな。

彦次が胸の内でつぶやいた。吉助から、女郎や禿、それに親分夫婦の部屋は二階にあると聞いていた。

彦次は、板間の右手に二階に上がる階段があるのを目にし、足音を忍ばせて階段に近付いた。そして、音をたてないように二階に上がった。

二階も暗かったが、夜目の利く彦次には辺りの様子を見てとることができた。廊下沿いに障子がたててあり、座敷があった。三部屋あるらしい。その廊下の突き当たりの奥の部屋には襖《ふすま》がたててあった。彦次は、廊下の突き当たりの部屋に宗兵衛夫婦が住んでいるとみた。

　階段に近い二部屋にひとのいる気配があった。鼾や夜具を撥ね除けるような音がした。だれか寝ているらしい。

　彦次は足音を忍ばせて、手前の座敷の前まで行くと、障子を音のしないようにすこしだけあけた。

　……女たちだ！

　座敷に、何枚もの布団が敷かれ、三、四人の女が眠っていた。鼾や夜具を動かす音がし、女の顔、胸、腕などが夜陰のなかに白く浮き上がったように見えた。眠っているのは女郎たちらしい。

　彦次は、おせんの姿がないことを確かめると、足を忍ばせて次の部屋にむかった。

　彦次は次の部屋の前まで来ると、障子をすこしだけあけてなかを覗いた。

　……おせんは、ここにいる！

　彦次は胸の内で声を上げた。

　座敷には布団が敷かれ、三人の女がいた。三人ともまだ子供のようだった。寝息をたてて眠っている。

彦次は横に並んで眠っている三人の顔を見て、おせんは左手にいることが分かった。夜陰のなかに、かすかに見える顔に見覚えがあったのだ。

彦次は人が出入りできるほど障子をあけ、音のしないように座敷に踏み込んだ。そして、おせんの脇に膝を折ると、肩先に手を添えて揺すった。

おせんが目をあけた。二つの目が夜陰のなかに白く浮き上がったように見えた。おせんは目の前の彦次を見て、目を剝《む》いた。そして悲鳴を上げようとしたのか、大きく口をあけた。

その口を彦次が手で押さえ、

「おせん、助けに来たぞ」

と穏やかな声で言った。

おせんの丸い目が夜陰のなかで動いた。だれか、分からなかったようだ。

「庄兵衛店の彦次だ」

彦次が小声で言った。

すると、おせんの顔が和らぎ、「ひ、彦次おじさん」と小声で言った。

「そうだ。長屋の者と一緒に助けに来た」

彦次は、おせんの体に掛けてあった布団をそっと持ち上げ、「布団から出られるか」と、小声で訊いた。

おせんはすぐに布団から這い出た。そして乱れた寝間着を直すと、

「おみねちゃんと、おしんちゃんは」

と、座敷で眠っているふたりの娘に目をやって彦次に訊いた。

「今夜はおせんだけだが、ふたりもすぐに助けに来る」

彦次が声をひそめて言い、おせんを座敷から連れ出した。

彦次は廊下に出ると、宗兵衛夫婦の寝ている廊下の突き当たりの部屋に目をやった。かすかに鼾の音が聞こえた。眠っているらしい。

「おせん、足音をたてるな」

彦次が言い、足音を忍ばせて階段の方へむかった。

おせんは彦次に身を寄せ、音のしないようにそっと歩いた。

彦次とおせんは階段から下り、あいたままになっている格子戸から外に出た。

戸口で待っていた玄沢が彦次たちのそばに来て、

「おせんか」

と、小声で訊いた。

「は、はい」

おせんが玄沢を見上げて表情を和らげた。同じ長屋に住む玄沢を見て、安心したらしい。

「長屋に帰るぞ」

彦次が言い、先に立って嘉川屋の脇を通って表通りに出た。

表通りは深い夜陰につつまれ、通りかかる人もなく、ひっそりと寝静まっていた。

第五章　捕物

1

　彦次は朝めしを食べ終えた後、おゆきが淹れてくれた茶を飲んでいた。おせんを助け出した二日後である。

「おせんちゃんが帰ってきて、よかったわね」

　おゆきが娘のおきくに声をかけた。おゆきの顔にはほっとした表情があった。

「あたし、おせんちゃんと遊ぶの」

　おきくが嬉《うれ》しそうな顔で言った。

　彦次は目を細めて、おゆきとおきくのやり取りを聞いていた。

　そのとき、戸口に駆け寄ってくる足音がした。足音は腰高障子の向こうでとまり、

「彦次、いるかい」

と、斜向かいに住む権助の声がした。何かあったらしく、権助の声はうわずっていた。

「いるぞ。入《へえ》ってくれ」

彦次は立ち上がった。

おきくとおゆきは話をやめて、戸口に目をむけている。

腰高障子があいて、権助が土間に入ってきた。

「彦次、路地木戸の前に遊び人のような男がいるぞ」

権助が昂った声で言った。

「その男、何をしている」

彦次は、宗兵衛の子分ではないかと思った。

「長屋の者をつかまえて話を聞いてるようだ」

「行ってみよう」

彦次は戸口から出ると、権助とふたりで長屋の路地木戸から出た。

路地木戸からすこし離れた路傍で、遊び人ふうの男が長屋の庄助《しょうすけ》という年寄りをつかまえて話を訊いていた。

「権助、ここにいてくれ」

彦次は権助に声をかけ、ひとりで遊び人ふうの男に近付いた。

遊び人ふうの男は彦次を見ると戸惑うような顔をしたが、ふいに反転して走りだした。逃げたのである。

「待て！」

彦次は男の後を追った。だが、男の逃げ足は速く追いつけなかった。

彦次は半町ほど追ったところで足をとめ、庄助と権助のいる場に小走りに戻ってきた。そして、息が収まるのを待って、

「庄助、男はどんな話をした」

と庄助に訊いた。

「おせんのことだよ」

庄助が顔に困惑の色を浮かべて言った。何か悪いことでも喋ったと思ったのかもしれない。

「おせんのことで、何を訊かれた」

「いつ帰《けえ》ってきたのか、訊かれたよ」

「それだけか」

彦次が訊いた。逃げた男は、宗兵衛の子分に間違《まちげ》えねえ、と彦次はみた。

「だれと一緒に帰《けえ》ってきたか、訊かれた」

庄助は戸惑うような顔をした。

「それで、おれや玄沢さんのことを話したのか」

「な、名は出さねえ。……長屋の男たちが連れてきた、と話したんだ」

庄助が声をつまらせて言った。

「話したのは、それだけか」

さらに彦次が訊いた。

「それだけで」

「庄助、心配するな。うまく話してくれたんで、おれたちのことは分からねえ」

彦次が言うと、

「彦次や玄沢さんのことは訊かれても話すつもりはねえ」

庄助の声が急に大きくなった。余計なことを話さなかったと言われ、ほっとしたようだ。

彦次は権助と庄助を連れて長屋にもどると、

「おれは玄沢さんのところに寄っていく」

と言って、ふたりと別れた。

彦次が玄沢の家の前で声をかけると、

「彦次か。入ってくれ」

すぐに玄沢の声が聞こえた。

表戸をあけると、玄沢はめずらしく刀の研ぎ場にいた。襷で両袖を絞り、刀身を研いでいる。

「ちょうど研ぐのをやめようと思っていたところだ」

玄沢はそう言い、刀身を布で丁寧に拭いてから、刀掛けに置いた。

玄沢は彦次に目をやり、「腰を、下ろしてくれ」と声をかけた。

彦次は上がり框に腰を下ろし、

「いま、権助と路地木戸のところへ行ってきたんでさァ」

そう前置きし、遊び人ふうの男が路地木戸のところで、おせんのことを探っていたことを話した。

「そやつ、宗兵衛の子分ではないか」

玄沢が言った。

「あっしも、そうみやした」

「宗兵衛たちは、わしらが嘉川屋に忍び込んでおせんを助け出したことを知ったようだな」

玄沢が顔を厳しくした。

「また長屋を襲うかもしれねえ」

彦次が、宗兵衛たちはおとなしく引き下がるはずはねえ、と言い添えた。

「厄介だな」

玄沢も眉を寄せた。

「どうしやす」

「八吉にも話してみるか」

「仙台屋に行きやすか」

「そうだな。一杯やるような気分ではないが、出かけるか」

そう言って玄沢は襷を外した。

2

彦次と玄沢が仙台屋に入って声をかけると、八吉が濡れた手を手ぬぐいで拭きながら、板場から出てきた。

「何かありましたかい」

すぐに八吉が訊いた。

「長屋を探っている者がいてな。今後どうするか、相談するつもりで来たのだ」

玄沢が言うと、

「おあきに話してきやす」

八吉は板場にもどった。

いっときすると八吉はもどって来て、

「ともかく腰を下ろしてくだせえ。おあきに酒を持ってくるように話しやした」

そう言って飯台の脇に置いてある腰掛け代わりの空き樽に腰を下ろした。

玄沢と彦次が腰を下ろすと、

「話してくだせえ」

八吉がふたりに目をやって言った。

「宗兵衛の子分だと思うが、路地木戸のところで、長屋の者におせんのことを訊いたらしいんでさァ」

彦次は庄助の名を出さなかった。喋ってしまったことは取り消せないし、庄助を責める気はなかったからだ。

「それで、おせんが長屋に帰《けえ》っていることを話したのかい」

八吉が訊いた。

「話したようでさァ」

「宗兵衛たちは、おせんをそのままにしちゃおかねえ」

八吉が言った。

「わしもそうみている。宗兵衛にしてみれば、嘉川屋の離れにまで踏み込まれ、攫った娘を連れ戻されたのだからな。このままにしておいたら子分たちにも顔が立つまい」

玄沢が厳しい顔をした。

次に口をひらく者がなく、その場が静まったとき、おあきが盆に猪口と肴の入った小鉢を載せて入ってきた。酒の入った銚子を左手に持っている。

おあきは、男たちのいる飯台に酒と肴を並べ、

「何かあったら声をかけてくださいな」

と八吉に言って板場にもどった。その場にいると、男たちの話の邪魔になると思ったらしい。

彦次たち三人は、手酌で酒を注いでいっとき飲んでから、

「このままだと、いつ、宗兵衛たちが長屋に踏み込んでくるか分からん」

と、玄沢が言った。

彦次は顔を厳しくしたまま無言でうなずいた。

「あっしらだけで、宗兵衛たちを取り押さえるのはむずかしいな」

八吉が虚空を睨むように見据えて言った。

「かと言って、このままにしておけば、おせんだけなく他の娘もを連れ去られるかもしれんぞ」

玄沢が言った。

「このままにしてはおけねえ」

彦次の胸には娘のおきくのことがあった。宗兵衛の子分たちが大勢踏み込んでくれば、当然、彦次の家も襲うだろう。おきくを目にすれば連れ去るはずだ。

そのとき、八吉が、

「今度こそ八丁堀の旦那に話しやすか」

と、彦次と玄沢に目をやって言った。

「島崎どのか」

玄沢が訊いた。

「そうでさァ」

「だが、町方が嘉川屋に踏み込むのは、まずいぞ。嘉川屋の裏の離れには、まだ連れ去られた娘がいる」

玄沢が言うと、彦次と八吉がうなずいた。

「嘉川屋の客や攫われた娘に害が及ばねえように、何処か別の場所で、宗兵衛たちをお縄にしてえ」

八吉が言った。

次に口をひらく者がなく、その場が重苦しい沈黙に包まれたとき、

「賭場がいい！」

と、彦次が身を乗り出して言った。

「宗兵衛が貸元をしている賭場か」

「そうでさァ」

彦次が、黒江町にある賭場に宗兵衛たちが来たとき町方が襲えば、嘉川屋の客や攫われた娘たちに危害が及ぶことはない、と話した。

「彦次の言うとおりだ」

「さっそく島崎の旦那に話しやしょう」

八吉が、彦次と玄沢に目をやって言った。

「あっしは遠慮しやす。島崎の旦那は、苦手だ」

彦次が身を引いて言った。

「彦次、島崎どのには、わしと八吉とで話す」

そう言って、玄沢が苦笑いを浮かべた。

「いつ、島崎さまに話しやす」

八吉が訊いた。

「早い方がいいな。……どうだ、明日、島崎どのが市中巡視に出たときに会って話したら」

玄沢が八吉に目をやって言った。

「そうしやしょう」

八吉が手にした猪口の酒を飲み干した。

3

翌朝、彦次と玄沢は、暗いうちに朝餉を済まして長屋を出た。途中、仙台屋に立ち寄り、八吉を同道した。

彦次たちは大川端の道を川上にむかい、大川にかかる新大橋《しんおおはし》を渡った。そして、武家屋敷のつづく通りに入り、いっとき歩くと、浜町堀《はまちょうぼり》に突き当たったので堀沿いの道を北にむかった。

しばらく歩くと、前方に浜町堀にかかる高砂橋《たかさごばし》が見えてきた。島崎は市中巡視のおりに高砂橋を渡る。巡視の道筋なのだ。

高砂橋に近付くと、

「あっしは離れていやす」

そう言って彦次は堀沿いに植えられた柳の樹陰に身を隠した。島崎と顔を合わせるのを避けたのだ。

玄沢は苦笑いを浮かべ、八吉とふたりで橋のたもとに立った。そこで、島崎が通りかかるのを待つのである。

玄沢と八吉がいっとき待つと、橋を渡ってくる島崎の姿が見えた。島崎は小袖を着流し、黒羽織の裾を帯に挟む、巻き羽織と呼ばれる八丁堀同心独特の恰好をしていたので、遠目にもそれと知れる。

島崎の供は三人。小者《こもの》と、岡っ引きらしい男がふたりいた。

島崎が橋を渡り終えると、玄沢と八吉が足早に近付き、

「島崎どののお耳に入れておきたいことがござる」

と、玄沢が小声で言った。

「玄沢どの、何かな」

島崎が玄沢に訊いた。

「歩きながら、話したいのだが」

「おれもそうだ」

そう言って、島崎は浜町堀の道を北にむかってゆっくりと歩きだした。市中巡視の道筋らしい。

玄沢と八吉は島崎の後につづいて歩きながら、

「庄兵衛店の娘が攫われたことは、ご存じか」

と、玄沢が訊いた。

「耳にしている」

島崎はそう言っただけで、何も話さなかった。玄沢に話させる気らしい。

「庄兵衛店の娘は何とか助け出したのだが、他にも攫われた娘がいるのだ」

「おぬしたちが、ひとり助け出したのか」

島崎が振り返って玄沢を見た。

「たまたま、監禁されている場所が分かったからだ」

「どこだ」

島崎が足をとめて訊いた。

「深川、黒江町にある嘉川屋だ」

「宗兵衛の店だな」

島崎が語気を強くして言った。どうやら島崎は宗兵衛のことを知っているらしい。配下の岡っ引きから耳にしたのだろう。

「そうだ」

「おぬしたちが助け出した娘の他にも、攫われた娘がいるのだな」

島崎が念を押すように訊いた。

玄沢はうなずいた後、

「嘉川屋の裏の離れに監禁されている」

と語気を強くして言った。

「娘たちを助け出し、宗兵衛一家の者たちを捕らえねばならんな」

島崎が虚空を睨むように見据えて言った。双眸が鋭くひかっている。

「迂闊に裏の離れには踏み込めぬ」

そう言って、玄沢が歩きだした。

「なぜだ」

島崎も、玄沢と歩調を合わせて歩いた。

「離れに行くには、嘉川屋の脇を通らねばならぬ。嘉川屋にいる者はすぐに、捕方が来たことを察知する。離れの戸口も閉じられるはずだ」

玄沢が言った。

「うむ……」

島崎は顔を厳しくした。

「わしらが離れに踏み込むまでには間がある。それに、子分たちが邪魔するだろう。その間に、宗兵衛たちはどこかに娘たちを移すか、殺して死体を隠すかする。そうなると、娘たちを助け出すことはできなくなる。そればかりか、宗兵衛たちが娘を攫ったという証拠もなくなる」

「うむ……」

島崎は、虚空を睨むように見据えた。

「嘉川屋に踏み込む前に、頭目の宗兵衛や主だった子分たちを捕らえて、その後に嘉川屋に踏み込めば、攫われた娘も無事に助けられると思うが」

玄沢が低い声で言った。

「そんなことができるのか」

島崎が訊いた。

「できる。……賭場だ」

「賭場だと！」

島崎が足をとめて玄沢を振り返った。

「そうだ。宗兵衛が貸元をしている賭場が、掘割沿いにある」

玄沢は、掘割にかかる八幡橋のたもとを北にむかい、いっとき歩くと賭場があることを話し、

「宗兵衛は主だった子分を連れて賭場に姿を見せる。……そこを襲って捕らえれば、嘉川屋に監禁されている娘たちを隠すことはできなくなる」

「宗兵衛と子分たちを捕らえてから、嘉川屋に踏み込むのだな」

島崎が念を押すように言った。やり手の定廻り同心として知られた島崎も、大捕物とみて高揚しているようだ。

「そうすれば、娘たちを無事助け出すことができる」

玄沢が念を押すように言った。

「よし、明日にも捕方を深川にむける」

島崎が語気を強くして言った。

「わしは、八幡橋のそばで待っている」

玄沢が賭場のある場所まで同行することを話した。

「頼む」

島崎が言った。

4

翌日、陽が西の空にまわりかけたころ、玄沢と八吉は深川の掘割にかかる八幡橋のたもとに立っていた。島崎たち捕方の一隊が来るのを待っていたのだ。付近に彦次の姿はなかった。彦次は嘉川屋の近くに身を隠して、宗兵衛や子分たちの動きに目を配っているのだろう。

玄沢と八吉がその場に立っていっときすると、島崎と何人かの手先らしい男の姿が見えた。島崎たちからすこし間をとり、ひとり、ふたりと手先らしい男が歩いてくる。玄沢が思っていたより人数は多かった。総勢二十人ほどである。

島崎たちは、宗兵衛や子分たちに捕方と知れないように捕方らしい装束は身につけずに来たらしいが、十手はむろんのこと、六尺棒を持っている者も何人かいた。

玄沢は島崎がそばに来ると、

「この先だ」

そう言って、掘割沿いの道を北にむかった。

いっとき歩くと、道沿いにある妾宅ふうの家屋が見えた。そこが賭場である。

玄沢は路傍に足をとめ、

「あれが賭場だ」

と言って、指さした。

「賭場らしくない家だな」

島崎が言った。

「島崎どの、身を隠すように指示してくれ。そろそろ賭場の客が来るころだが、貸元の宗兵衛たちが顔を出すまでには間がある」

「承知した」

島崎は捕方たちに、近くの物陰に身を隠すよう指示した。

捕方たちはすぐに動いた。通り沿いに枝葉を茂らせていた樹陰や仕舞屋の陰などにまわって身を隠した。

玄沢と八吉は島崎と一緒に、通り沿いにある表戸をしめた店の陰にまわった。そこから、賭場として使われる仕舞屋が見える。

仕舞屋にはだれかいるようだが、姿を見せなかった。家のなかで、賭場をひらく準備をしているのかもしれない。

玄沢や捕方たちが物陰に身を隠して小半刻《こはんとき》(三十分)ほど経ったろうか。仕舞屋の表戸があいて、ふたりの男が姿を見せた。猪之助と遊び人ふうの男である。玄沢たちは以前ふたりを目にしていた。

ふたりの男は戸口に立って周囲に目をやったが、すぐに仕舞屋に入ってしまった。賭場の客が来るころなので様子を見に来たらしい。

それからいっときすると、ひとり、ふたりと賭場に来たらしい男が、掘割沿いの道に姿を見せた。そして、仕舞屋に入っていく。

賭場に来た男たちの姿が途絶えて間もなく、賭場の脇の道に人影が見えた。

「来たぞ！　宗兵衛たちだ」

玄沢が言った。

源造が先頭に立ち、市川、宗兵衛とつづき、さらに四、五人の遊び人ふうの男がついてきた。遊び人ふうの男は宗兵衛の子分である。

島崎は樹陰から出て、源造たちから見えない位置に立ち、右手を大きく振った。付近に身を隠している捕方たちに宗兵衛たちが来たことを知らせたのだ。

捕方たちがひとりふたりと物陰から出て、島崎たちのいる場に近付いてきた。

宗兵衛たちは捕方たちに気付かず、何やら話しながら歩いてくる。

宗兵衛たちが、賭場になっている家の脇まで来た。と、そのとき、玄沢、八吉、島崎の三人が、仕舞屋の陰から飛び出した。

玄沢と八吉が宗兵衛たちの背後に、島崎は前にまわり込んだ。

玄沢たちの動きを目にした捕方たちが一斉に走りだした。そして、二手に分かれ、島崎たちの前後を取り囲んだ。

宗兵衛たちは玄沢たちを見て一瞬棒立ちになったが、すぐに島崎や捕方たちに気付き、

「八丁堀だ！」

と、源造が叫んだ。

宗兵衛の子分たちは匕首や長脇差を手にした。逃げられないとみて、捕方たちを迎え撃つつもりらしい。

市川と源造が宗兵衛を背にして立ち、子分たちは背後と脇にまわった。宗兵衛を守るために取り囲んだのである。

玄沢は市川の前に立ち、

「市川、わしが相手だ！」

と声をかけた。すでに抜き身を手にしている。

「おのれ！」

市川は抜刀し、切っ先を玄沢にむけた。

玄沢も切っ先を市川にむけたが、すこしずつ後退った。その場に宗兵衛や子分たちがいて、自在に刀をふるえないこともあったが、市川を宗兵衛から引き離そうと

したのである。

市川はすこしずつ宗兵衛の前から離れた。市川も近くに宗兵衛や子分たちがいるので、この場では戦えないとみたようだ。

玄沢と市川の間合はおよそ二間――。真剣勝負の立ち合いの間合としては近いが、その場は狭く、男たちが大勢集まっていることもあって、広くとれないのだ。

玄沢は青眼、市川は八相に構えた。ふたりとも腰の据わった隙のない構えである。

ふたりは対峙したまま動かなかった。相手の構えに隙がなく、迂闊に仕掛けられなかったのだ。

このとき、仕舞屋の戸口にふたりの男が姿を見せた。ふたりとも宗兵衛の子分である。

「親分たちだ！」

「町方だぞ。親分を逃がせ！」

という声が聞こえ、ふたりの男が走り寄ってきた。町方に立ちむかう気らしい。

ふたりは宗兵衛の近くに立ち、手にした匕首を町方にむけた。

「捕れ！　ひとりも逃がすな」

島崎が叫んだ。

御用！

御用！

と、捕方たちが声を上げ、六尺棒や十手を宗兵衛や子分たちにむけた。

5

ギャッ！　という悲鳴が上がり、宗兵衛の近くにいた子分がよろめいた。捕方が六尺棒で子分の頭を殴ったのだ。

さらに、捕方のひとりが脇から別の子分を十手で殴った。子分は呻き声を上げて、後ろに逃げた。

これを見た宗兵衛と源造は逃げようとして身を引いた。だが、ふたりの動きがとまった。何人かの捕方が背後にまわり込んだのだ。

「逃がすな！」

島崎が捕方たちに声をかけた。

すると、宗兵衛の背後にまわり込んだ捕方のひとりが六尺棒で殴りつけた。

棒の先が宗兵衛の後頭部をとらえ、ゴン、という鈍い音がした。

宗兵衛はよろめき、足がとまると、その場にへたり込んだ。顔が苦痛に歪んでいる。

そこへ、ふたりの捕方が左右から近寄り、ひとりが宗兵衛の両肩を押さえ付け、もうひとりが両腕を後ろにとって縄をかけた。

宗兵衛は抵抗する力もないのか、捕方のなすがままになっている。

源造は宗兵衛が捕らえられたのを目にすると、その場から逃げようとした。それを見た捕方のひとりが六尺棒で殴りつけた。

六尺棒が源造の肩を強打した。

源造はよろめいただけで、すぐに体勢を立て直した。

そのとき、島崎が踏み込み、手にした刀を峰に返しざま袈裟に払った。

峰打ちが源造の後頭部をとらえた。

ガツ、という鈍い音がし、源造の首が横に傾ぎ、腰から沈むようにその場にへたり込んだ。

「捕れ!」

島崎が声を上げた。

その声で捕方が踏み込み、源造の両肩を押さえ付けた。さらに別のふたりの捕方が源造の背後にまわり、両腕を後ろにとって縛った。源造は苦しげに顔をしかめたが、捕方たちに抵抗しなかった。歯向かう気力もないようだ。

このとき、玄沢と市川は青眼と八相に構えて対峙していた。すでに斬り合ったらしく、玄沢の左袖が裂け、二の腕が露《あらわ》になっていた。だが、血の色はない。着物を裂かれただけである。

一方、市川も小袖が肩から胸にかけて裂けていた。わずかに血の色があったが、かすり傷らしい。

玄沢は宗兵衛が捕らえられたのを見ると、

「市川、宗兵衛を捕らえたぞ。観念して縛《ばく》に就け!」

そう声をかけ、一歩踏み込んだ。

すかさず市川は一歩身を引き、

「いずれ、おぬしは、おれが斬る！」

と声高に言い、素早い動きでさらに身を引いた。そして、玄沢との間があくと、反転して走りだした。

「逃げるか！」

玄沢は、市川の後を追った。

だが、市川の逃げ足は速く、玄沢との間は広がっていく。

玄沢は市川との間が半町ほどあくと、諦めて足をとめた。そして、島崎たちのいる場にもどってきた。

宗兵衛は縄をかけられ、島崎の前にへたり込んでいた。苦しげに顔をしかめている。宗兵衛だけではなかった。源造と子分たちにも縄がかけられ、そのまわりに捕方たちが集まっていた。

「市川に逃げられた」

玄沢が無念そうに言った。

「仕方あるまい。市川は戦わずに逃げたのだからな」

島崎は満足そうな顔をしていた。市川に逃げられたが、頭目の宗兵衛と一緒にいた子分たちを捕らえることができたからだろう。

「賭場にいる子分たちはどうする」

玄沢が訊いた。

「子分たちも捕らえる。客は、見逃してやろう」

島崎は捕方たちに目をやり、

「賭場に踏み込むぞ！」

と声をかけた。

島崎に従って捕方が賭場の方へ小走りにむかった。

そのとき、賭場になっている仕舞屋の入口から男たちが次々に姿をあらわし、捕方のいない方にむかって走りだした。賭場の客たちが貸元の宗兵衛や子分たちが町方に捕らえられたのを知って、逃げだしたのである。

これを見た捕方たちも走りだそうとした。

「待て！　逃げる客たちは追わずともよい。賭場に残っている子分たちがいたら取り押さえろ！」

島崎が捕方たちに指示し、自分が先にたって仕舞屋にむかった。

島崎たち捕方の一隊が仕舞屋の戸口まで来たとき、職人らしい男がふたり飛び出してきた。賭場に来た客らしい。

島崎がふたりの前に立ち、

「なかに、宗兵衛の子分たちはいるか」

と語気を強くして訊いた。

「ふ、ふたり、いやす」

年配の男が声を震わせて言った。

「客は」

「あっしらが、最後でさァ」

「行け！　今日のところは見逃してやる」

島崎が言った。

「へ、へい」

年配の男は脇にいた若い男と一緒に島崎に頭を下げると、よろめくような足取りで逃げていった。

「踏み込むぞ！」

島崎がその場にいた捕方たちに声をかけた。

近くにいた玄沢と八吉も島崎につづいて仕舞屋に踏み込んだ。土間の先に狭い板間と座敷があった。

島崎たちは板間から座敷に踏み込んだ。そこは、広い座敷で盆茣蓙が敷いてあった。まわりに座布団が置かれていた。そこが賭場である。

賭場の右手に狭い座敷があった。帳場らしい。親分の控えの間でもあり、金と駒《こま》を引き替えたり、ときには客に茶を出したりする場のようだ。

賭場の隅にふたりの男がいた。ひとりは猪之助だった。もうひとりは若い男である。

猪之助は、いきなり入ってきた玄沢や島崎たちの姿を見ると、

「捕方だ！」

叫びざま逃げようとして、戸口の方へ飛び出そうとした。

「逃がさぬ！」

玄沢は素早い動きで踏み込んだ。そして抜刀すると、刀身を峰に返して横に払っ

た。一瞬の太刀捌きである。

峰打ちが、猪之助の腹を強打した。

猪之助は両手で腹を押さえ、その場にうずくまった。顔をしかめ、苦しげな呻き声を洩らしている。

これを見た捕方のふたりが猪之助のそばに行き、猪之助の両腕を後ろにとって縛った。猪之助は観念したのか、捕方たちのなすがままになっている。

猪之助と一緒にいた若い男は逃げようともせず、青ざめた顔で身を震わせていた。

そこへ、ふたりの捕方が近寄り、若い男に縄をかけた。

島崎は、捕方が猪之助と若い男を捕らえたのを目にすると、

「引っ立てろ！」

と捕方たちに声をかけた。

6

島崎は捕らえたふたりの男を連れて仕舞屋から出ると、

「まだ始末はついてないな」

と、玄沢に目をやって言った。

「そうだ。嘉川屋に踏み込んで攫われた娘たちを助け出そう」

玄沢が言った。

「捕方は大勢いた方がいいか」

島崎が訊いた。

「いや、五、六人いれば十分だ。市川には逃げられたが、宗兵衛や主だった子分たちは捕らえた。嘉川屋にいる子分たちはすくないはずだ」

玄沢が、その場にいる捕方たちにも聞こえる声で言った。

「捕方は五人連れていく」

「それだけでいい」

玄沢は、大勢で人目を引くより、何人かで踏み込んだ方がうまく助け出せるのではないかと思った。

島崎は捕方たちを集め、五人の捕方に、これから嘉川屋にむかうことを指示した。

そして、後に残る捕方のなかの年配の男に、

「捕らえた宗兵衛と子分たちをこの家に残す。おれたちがここにもどるまで、残った捕方たちと一緒に見ていてくれ」

と指示した。

「なに、それほど遅くならずにもどれる。ここから嘉川屋は近いからな」

島崎はそう言い残し、五人の捕方を連れて玄沢とともに嘉川屋にむかった。


富ヶ岡八幡宮の門前通りは夜陰につつまれていた。行き交う人の姿は少なく、酔客や夜鷹らしい女などがときたま通りかかるだけである。

いっとき歩くと、前方に嘉川屋が見えてきた。夜も更けたので客はいないはずだが、二階の座敷に淡い灯の色があった。客が出た後、座敷の片付けでもしているのかもしれない。

そのとき、玄沢は路傍に人影があるのを目にとめた。

……彦次らしい。

と玄沢は思い、草鞋《わらじ》を直すふりをしてその場に屈んだ。

同行していた島崎たちが離れると、彦次が近付いてきた。

「攫われた女たちは、離れの二階にいやす」

　彦次が小声で言った。

「子分たちは」

　玄沢が訊いた。

「離れに二、三人いるようでさァ」

「子分たちが離れにいるのはどういうわけだ」

　離れの一階は客を入れる部屋になっていて、二階に女郎や攫われた娘などが住む部屋と親分夫婦の住む部屋があるだけだった。

「親分の帰りが遅いんで、何かあったとみたのかもしれねえ」

　彦次が目をひからせて言った。

「別の棟にも子分たちはいるのか」

　玄沢が訊いた。

「いやす。あっしが探ったところ、四人いるらしい」

「四人か。思っていたより大勢だな」

「旦那、別の棟にいる子分たちも離れに目を配っていやすぜ。用心して離れに近付いてくだせえ」

「分かった。……それで、彦次はどうする」

玄沢が立ち上がって訊いた。

「あっしは先に行って離れの近くに身を隠していやす。何かあったら石でも投げて、旦那たちに加勢しやす」

「頼む」

玄沢はそう言い残し、島崎たちの後を追った。

彦次は足早に玄沢たちから離れ、夜陰のなかを嘉川屋にむかった。先に裏手にある離れに行くらしい。

玄沢は島崎たちに追いつくと、

「ここから先は、どこに宗兵衛の子分たちの目がひかっているか分からない。わしが先にたつ」

そう言って前に出た。

玄沢は足音を忍ばせて嘉川屋の前まで来ると、辺りの様子をうかがった。二階を見上げると座敷の灯が消えている。座敷の片付けを終えて、自分の寝起きする部屋へもどったのかもしれない。

「店の脇から入る」

玄沢は小声で島崎たちに言い、嘉川屋の脇の小径から裏手にむかった。

嘉川屋の裏手は夜陰につつまれ、二階建ての客を入れる離れや斜向かいにある平屋造りの別棟などが、黒く聳え立つように見えた。

……いる！

玄沢は、平屋造りの別棟の脇でかすかに人影が動いたのを見た。子分たちがいるようだ。

そのとき、玄沢の脇にいた八吉が、

「旦那、四、五人いやすぜ」

と、声を潜めて言った。

玄沢はうなずき、島崎に身を寄せて、

「子分たちが何人か待ち伏せしているようだ。子分たちは捕方たちに頼みたい。わしは娘たちのいる棟に踏み込んで助け出す」

と小声で言った。

「承知した」

島崎が夜陰のなかでうなずいた。双眸が闇のなかで青白くひかっている。

玄沢と島崎が先にたち、八吉と捕方たちが後につづいた。夜陰のなかで足音だけが聞こえた。

島崎たちが二階建ての客を入れる離れの入口に近付いたとき、近付いてくる何人もの足音が聞こえた。振り返ると夜陰のなかに人影があった。宗兵衛の子分たちである。四、五人いた。闇のなかで、男たちの目と手にした匕首や長脇差が青白くひかっている。

「迎え撃て！」

島崎が声を上げた。

すると、そばにいた捕方たちが六尺棒や十手を手にして身構えた。

ふいに、島崎たちに近付いてくる男たちの足がとまった。捕方たちが待ち構えているとは、思わなかったのだろう。

それでも逃げ出す者はいなかった。暗闇のなかで、匕首や長脇差を手にして身構えている。

7

玄沢と八吉が二階建ての離れの入口の前に立ったとき、夜陰に紛れて彦次が身を寄せてきた。玄沢たちと一緒に踏み込むつもりらしい。島崎たちは前から来る子分たちに気をとられ、彦次に気付かなかった。

玄沢が入口の格子戸を手にして引いた。だが、あかなかった。

「あっしが、あけやしょう」

彦次が、格子戸の前に屈んだ。そして、懐から丸めてある針金を取り出した。針金を伸ばし、先を何かに引っ掛けるように折り曲げた。すでに、彦次は同じ方法で戸の内側に支ってある心張り棒をはずしたことがあったのだ。

ガラッ、と音がした。心張り棒がはずれて土間に落ちたのだ。彦次が格子戸に手をかけ、音のしないようにそろそろとあけた。

「入《へえ》りやすぜ」

そう言って、彦次が先に踏み込んだ。つづいて、玄沢と八吉が入った。以前、踏み込んだときと同じように、建物のなかは暗かった。近くに人のいる気配はなく、静寂につつまれている。

そのとき、外で何人もの足音、男の呻き声、刃物を弾きあうような音などが聞こえてきた。島崎たちが宗兵衛の子分たちと闘っているらしい。

玄沢は外に気を取られたようだが、すぐに建物のなかに目をやり、

「先に娘たちを助けよう」

と言って、土間から板間に上がった。

つづいて板間に上がった彦次は、

「こっちでさァ」

と言って板間の右手にある二階に上がる階段に足をむけた。以前、彦次はおせんを助け出したとき、この棟の二階に忍び込み、おせんたちの寝起きする座敷に踏み込んだことがあったのだ。

彦次を先頭に、玄沢と八吉も階段を上がって二階に出た。

二階は暗かったが、彦次は夜目が利いた。

二階には三部屋あって、廊下の突き当たりの座敷が宗兵衛夫婦の住む部屋である。

その部屋に灯の色があった。

宗兵衛は玄沢たちの手で捕らえられたので、部屋にいるのは女房だけだろう。女房は子分たちからそのことを知らされ、いまごろは眠れない夜を過ごしているにちがいない。

彦次が先に立って廊下を歩き、まず手前の部屋の障子をあけた。闇のなかに三人の女の姿があった。三人とも寝間着姿である。敷かれた布団に横になっていたらしいが、いまは身を起こしていた。おそらく眠っていなかったのだ。障子のあく音を耳にし、慌てて身を起こしたらしい。

三人とも障子をあけて入ってきた彦次たちに目をむけていた。その目が、夜陰のなかで白く浮き上がったように見えた。三人は身を震わせていた。両手で寝間着の襟をつかみ、胸元を隠している。

「おれたちは助けに来たんだ。すぐに逃げる仕度をしろ」

彦次が言った。

すると、ひとりだけ立ち上がったが、他のふたりは布団の上に座ったままだった。戸惑うような顔をしている。

立ち上がったひとりは、自力で逃げる気らしい。

「どうした、ふたりはここに残るのか」

彦次が訊いた。

「み、店を出ても、どこに帰ったらいいか分からないんです」

ひとりが涙声で言った。

「…………！」

咄嗟に、彦次は何をどう言っていいか分からなかった。

「女郎をやらされていたからといって、恥じることはない。わしらがふたりの帰りたい場所にとどけてやる」

玄沢が言うと、ふたりの女が縋《すが》るような目を玄沢にむけ、慌てて立ち上がった。

彦次は、ふたりの女を玄沢と八吉に任せ、廊下に出た。隣の部屋にはおせんと一緒にいたふたりの女がいるはずだった。女といってもまだ子供といっていい歳である。

彦次は隣の部屋の障子をあけた。夜陰のなかにふたりの娘の姿があった。ふたりとも身を起こしていた。彦次にむけられたふたりの顔が闇のなかに白く浮き上がったように見えた。身を震わせている。

「おせんを助けに来た者だが、ふたりを助ける」

彦次が声を潜めて言うと、ふたりの娘の白い顔が歪んだ。突き上げてきた嗚咽《おえつ》を堪《こら》えようとしているのか、戸惑いか、彦次には分からなかった。

「親の許に、帰してやる」

さらに彦次が言った。

すると、ふたりとも両手で顔を覆い、体を揺すって嗚咽を洩らした。幼な子らしい泣き声である。

「泣くな。さァ、立て。ここから出るぞ」

彦次が声をかけると、ふたりの娘は嗚咽を洩らしながら立ち上がった。寝間着の裾が乱れ、細く白い足が露になっていたが、ふたりは襟元を合わせただけで、彦次につづいて部屋から出た。

廊下には玄沢と八吉、それに連れ出したふたりの女がいた。

「彦次、行くぞ」

玄沢が言い、先にたって階段に足をむけた。

助け出した女たちが玄沢の後につづいて歩きだしたとき、彦次は背後に目をやった。廊下の突き当たりの部屋を見たのである。

……だれかいる！

彦次は人のいる気配を感じたが、宗兵衛の女房だろうと思い、助け出した女たちと一緒に階段を下りて外に出た。

彦次は、助け出した四人の女とともに外へ出ると、

「おれは、この場で姿を消す」

そう言って、後を玄沢と八吉にまかせて暗がりのなかに身を潜めた。

嘉川屋の脇は、静かだった。姿が見えるのは島崎たち町方の者だけだった。宗兵衛の子分たちは逃げたにちがいない。

玄沢と八吉は、助け出した四人の女とともに嘉川屋の脇から通りに出た。

第六章　襲撃

1

「彦次、一杯飲むか」

玄沢が酒の入っている大徳利を手にして言った。

彦次と玄沢がいるのは庄兵衛店の玄沢の家だった。暮れ六ツ（午後六時）ごろである。彦次はめずらしく屋根葺きの仕事に行った帰りに、玄沢の家の前を通りかかると、

「彦次、一杯飲んでいけ」

と誘われて、立ち寄ったのだ。

ただ、道具箱は家に置いて、おゆきに玄沢の家にいるとだけ伝えておいた。遅くなると心配すると思ったのである。

彦次は玄沢と酒を湯飲みに注ぎ合って飲んだ後、

「助け出したおしのとおきよは、無事家に着いたかな」

と口にした。おしのとおきよは、彦次たちが嘉川屋の裏の離れから助け出した年長の娘だった。

また禿として働かされていたふたりの幼い子は、おみねとおしんという名で、すでに親許に帰されていた。ふたりの親はそれぞれ浅草と本所に住んでおり、通り沿いで店をひらいていた。

八吉が親に知らせると、すぐに庄兵衛店まで迎えに来たのだ。ふたりの親は、彦次や玄沢たちにお礼だと言って多額の金を渡した。そのとき店にあった有り金を掻き集めて持ってきたらしい。

当初、玄沢たちは礼金を受け取らなかったが、親の気持ちですので受け取って欲しい、と涙ながらに言われ、玄沢たちは礼金を手にした。

その金があったので、こうやってふたりで飲む酒も用意することができたのだ。

「おしのとおきよも家に着いたはずでさァ。何も話がないのは、無事に着いたからですよ」

彦次が言った。

おしのの家は遠かった。品川だという。おしのの親は東海道沿いで下駄屋をしており、親に連れられて富ヶ岡八幡宮に参詣に来たとき、門前通りで迷子になり、宗兵衛の子分たちに攫われたようだ。

また、おきよの家は本郷にあり、中仙道沿いで旅人相手の笠屋をやっていた。たまたまおきよが笠屋から離れ、街道沿いで遊んでいたとき、通りかかった宗兵衛と子分に人気のない脇道に連れ込まれ、深川まで連れてこられたという。

「まァ、あの歳なら迷わずに帰れたろうな」

玄沢が表情を和らげた。

「これで、始末がついたか」

彦次が言った。

玄沢はいっとき黙考していたが、

「わしにはまだやらねばならぬことが残っている」

と顔を厳しくして言った。

「何です」

「市川恭之介だ。あやつだけはわしの手で討ちたい」

玄沢が虚空を睨むように見据えて言った。

彦次は無言でうなずいた。玄沢の言うとおり、市川を討たねばならないが、深川を出た後の所在はつかめずにいる。

彦次と玄沢が口をつぐんだまま湯飲みの酒を飲んでいると、戸口に近付いてくる足音がした。

足音は腰高障子の向こうでとまり、「玄沢の旦那、いやすか」と八吉の声がした。

「いるぞ、入ってくれ」

玄沢が声をかけると、腰高障子があいて八吉が顔を出した。

「おっ、やってやすね」

八吉が玄沢の膝先にある大徳利を見て言った。

「八吉、一杯やるか」

玄沢が訊いた。

「へい、馳走になりやす」

八吉が首をすくめて言った。

「流し場に湯飲みがある。それを持って、ここに来てくれ」

「承知しやした」

八吉は流し場に行き、湯飲みを手にして座敷に上がった。そして、玄沢の脇に腰を下ろすと、手にした湯飲みを差し出した。

玄沢は湯飲みに酒を注いでやり、

「それで、何か用があるのか。それとも酒の匂《にお》いを嗅《か》ぎ付けたか」

と、大徳利を手にしたまま八吉に訊いた。

「ふたりに、知らせておきてえことがありやしてね」

八吉が声をあらためて言った。

「なんだ」

「嘉川屋でさァ」

「嘉川屋がどうかしたのか」

「商売を始めたようですぜ」

「早いな」

玄沢が驚いたような顔をして、彦次に目をやった。

「嘉川屋の主人におさまっているのは、だれか分かるかい」

彦次が八吉に訊いた。

「はっきりしねえが、女将のおれんと市川恭之介のようですぜ」

八吉が言った。

女将の名はおれんらしい。八吉がどこかで聞き込んだのだろう。

「なに、市川恭之介だと！」

玄沢の声が大きくなった。

「そうでさァ。あっしが聞いた話だと、市川はおれんの亭主のように、振る舞っているようですぜ」

「市川が、宗兵衛の後釜《あとがま》に座ったのか」

玄沢の顔が厳しくなった。

次に口を開く者がなく、座敷は重苦しい沈黙につつまれていたが、

「見過ごすことはできんな」

玄沢が彦次と八吉に目をやって言った。

「嘉川屋を探ってみやすか。……宗兵衛の子分たちが、どうなったかも知りてえ」

彦次が言うと、玄沢と八吉がうなずいた。

2

八吉が嘉川屋のことを話しに来た翌朝、彦次と玄沢は陽が高くなってから長屋を出た。ふたりとも菅笠を被って顔を隠していた。

途中、ふたりは仙台屋に立ち寄り、八吉も同行した。八吉も菅笠を被っている。

彦次たちは大川端沿いの道を経て、富ヶ岡八幡宮の門前通りに入った。そして、前方に嘉川屋が見えてくると、路傍に足をとめた。

「店先に、暖簾が出てやす」

八吉が言った。

「店はひらいているようだ」

玄沢は身を乗り出すようにして嘉川屋を見ている。

「近付いてみやすか」

彦次が言って、嘉川屋の方へ歩きだした。玄沢と八吉は通行人を装って、後からついていった。

　彦次たち三人は、以前嘉川屋を見張ったそば屋の脇に身を隠し、あらためて嘉川屋に目をやった。

　嘉川屋は、以前見たときと変わりないようだ。客もいるらしく、二階の座敷から男たちの談笑の声が聞こえてきた。ただ、客はすくないらしく、聞こえてくる声はわずかである。

「どうしやす」

　彦次が訊いた。

「店のなかの様子が知りたい。はたして、市川が店の主人に収まっているのか。子分たちもいるのか。……下手をすると、また娘たちを攫って、女郎や禿として店に監禁するかしれん」

　玄沢が、顔を厳しくして言った。

　彦次たち三人が、その場に来て小半刻（三十分）ほど経ったろうか。嘉川屋の格子戸があいて、商家の旦那ふうの男がふたり出てきた。ふたりは、見送りに出た女将のおれんと女中に何やら声をかけてから、門前通りを八幡宮の方にむかって歩きだした。年配の男と三十がらみと思われる男である。

「あっしがふたりに訊いてきやす」

彦次がそう言い残し、通りに出た。

彦次は足早にふたりの男を追って近付くと、

「ちょいと、すまねえ」

と声をかけた。

「何か用ですか」

年配の男が訊いた。彦次を見る目に警戒の色があった。突然、見ず知らずの男に声をかけられたからだろう。

「ふたりが嘉川屋から出てきたのを見掛けやしてね。ちょいと前《めえ》まで、裏の離れに贔屓《ひいき》にしていた女がいやしたが、店を閉めたと聞いたんでさァ」

彦次が常連客らしい物言いをした。

「店をひらくようになって、間がないようですよ」

年配の男は脇に立っている三十がらみの男に目をやった。

三十がらみの男は無言でうなずいた。

「いまも離れに客を入れるんですかい」

彦次が、声をひそめて訊いた。

すると、ふたりの男の顔から警戒の色が消えた。彦次の話を信じたようだ。

「離れには客を入れないようですよ」

三十がらみの男が言った。

「離れはしまったままですかい」

「いえ、若い女の子が奉公するようになったら、またひらくと聞きましたよ」

三十がらみの男が薄笑いを浮かべた。

「いま行っても駄目か」

「そのうち、若い女と楽しめるようになりますよ」

年配の男が卑猥な目をして言った。

「ところで、嘉川屋の旦那はいなくなったようなのに、店をつづけていると聞いたが、いま、女将ひとりで店のやり繰りをしてるんですかい」

彦次が声をあらためて訊いた。

「いえ、女将さんには旦那がいますよ」

年配の男はそう言って、脇にいる三十がらみの男に目をやった。

すると、三十がらみの男が、

「新しい旦那は二本差しでしてね……女将さん、前の旦那がいなくなるとすぐに一緒になったようですよ。二本差しの旦那と、前からできてたのかもしれないね」

そう言ってニヤリと笑った。

「驚いたな。女将さん、二本差しの旦那とできてたのか」

彦次は心底驚いた。市川が宗兵衛の女房とできていたとは思いもしなかったのだ。

「迂闊に料理屋の女に、手は出せないね」

年配の男がそう言い、すこし足を速めた。見ず知らずの男と、喋りすぎたと思ったのかもしれない。

彦次は足をとめた。そして、ふたりの男が離れると踵を返した。

彦次はそば屋の脇にもどると、その場にいた玄沢と八吉にふたりの男から聞いたことを話した後、

「市川は嘉川屋にいやすぜ」

と言い添えた。

「まさか、市川が宗兵衛の女房とできてるとは思わなかったな」

玄沢も、驚いたような顔をした。

「それで、宗兵衛の子分だったやつらはどうしたのだ」

玄沢が訊いた。

「子分のことまでは聞けなかった。……嘉川屋に子分たちがいるとは思えねえが、離れには、残っているかもしれねえ」

「子分たちがいるかどうか知りたい。いなければ、歯向かうのは、市川ひとりだ。ここにいる三人だけでも何とかなる」

玄沢が嘉川屋を見据えて言った。

「暗くなったら、あっしが離れを覗いてきやしょうか」

彦次が言った。

「彦次が行くなら、わしも行く」

「あっしも行きやすぜ」

それまで、黙って聞いていた八吉が身を乗り出すようにして言った。

3

暗くなるまで時間があった。彦次たちは富ヶ岡八幡宮にお参りに行ったり、通り沿いにあった一膳めし屋で腹拵えをしたりして過ごした。

陽が沈んで一刻（二時間）ほど経ち、辺りが深い夜陰に包まれると、彦次たちは嘉川屋を見張ったそば屋の脇にもどった。

嘉川屋には、灯の色があった。まだ客がいるらしく、二階の座敷から男の声や嬌声などが聞こえてきた。

彦次たちがそば屋の脇に来て、さらに半刻（一時間）ほど過ぎた。二階の座敷から聞こえていた人声がやみ、いっときして、ふたりの武士と商人ふうの男がひとり、店から姿を見せた。つづいて女将のおれんと女中がひとり、三人の男を見送りに店先に出てきた。

客のふたりの武士は羽織袴姿で二刀を帯びていた。武士の身分は分からなかったが、幕臣らしい。

もうひとりは商家の旦那ふうだった。嘉川屋で幕臣を接待したようだ。商人は幕府御用達《ごようたし》の店の主人かもしれない。

おれんと女中は店先で見送っていたが、三人の男が店から遠ざかると踵を返して店にもどった。

三人の男が最後の客だったらしく、嘉川屋から人声が聞こえなくなり、いっときすると灯も消えた。

「店の裏手に行ってみやすか」

彦次が言った。

「行ってみよう」

玄沢が言い、その場を離れた。

彦次、玄沢、八吉の三人はそば屋の脇から通りに出ると、嘉川屋に足をむけた。そして、嘉川屋に客がいないのを確かめてから、店の脇から裏手にむかった。

二階建ての離れに灯の色があった。二階に誰かいるらしい。二階から障子を開け閉めする音や廊下を歩くような足音が聞こえた。客を入れる一階の部屋は夜陰に閉ざされている。

「何人か、いやす」

彦次が小声で言った。

「子分たちではないか」

玄沢が、子分たちの住む平屋造りの別棟に目をやって言った。灯の色はあったが、人のいる気配はなかった。子分たちは別棟から離れに来ているらしい。

彦次たちは離れの近くの灌木の陰に身を隠した。辺りは夜陰につつまれているので、音さえたてなければ気付かれる恐れはない。

離れから聞こえてくるのは男の声だった。その物言いから、遊び人やならず者らしいことが知れた。おそらく宗兵衛の子分だった男たちであろう。

そのとき、嘉川屋の裏手の戸があき、人影があらわれた。

ふたり――。男と女である。

「市川と、おれんだ！」

玄沢が声を殺して言った。

市川とおれんは離れの戸口まで来ると、周囲に目をやってから格子戸をあけてなかに入った。

いっときすると、階段を上がっていく足音が聞こえた。どうやら市川とおれんは、二階の奥にある宗兵衛とおれんが寝泊まりしていた部屋に行くようだ。

「あのふたり、宗兵衛がいなくなったばかりだというのに、夫婦気取りで奥の座敷に寝泊まりしてるのか」

八吉が言った。声に憤怒のひびきがある。

「恐らく、ふたりは宗兵衛がいたときからできていたのだ」

玄沢の顔にも怒りの色があった。

市川とおれんの足音につづいて、離れの二階から何人もの足音が聞こえた。廊下を階段の方へ歩いてくる。

階段を下りる足音がやむと、戸口の格子戸があいた。姿を見せたのは五人の男だった。宗兵衛の子分だった男たちらしい。

「やつら、市川とおれんに会い、何か話したんですぜ」

八吉が男たちに目をやって言った。

男たちは身を隠している彦次たちには気付かず、離れの斜向かいにある平屋造りの別棟に入った。そこが子分たちの塒である。

「踏み込みやすか」

彦次が市川とおれんのいる離れに目をやって言った。

「市川とわしの斬り合いになるな」

玄沢はそう言ったきり、口を閉じてしまった。玄沢はいっとき黙考していたが、
顔を彦次と八吉にむけ、

「ここで市川と立ち合うと、わしら三人、生きて帰れぬかもしれん」

玄沢はそう口にした後、二階で市川と戦うと、気合や刀の弾《はじ》き合う音が別棟にいる子分たちの耳にとどき、二階へ駆け付けるはずだ、と言い添えた。

彦次と八吉は厳しい顔をしたまま口をつぐんでいる。

「子分たちは、彦次と八吉も襲うはずだ」

玄沢が念を押すように言った。

「このまま市川や子分たちを見逃すんですかい」

八吉が戸惑うような顔をした。

「いや、何か別の手を考えよう。……市川とおれんだけでなく、子分たちも捕らえられる手をな」

「旦那、町方の手を借りやしょう」

八吉が身を乗り出すようにして言った。

「島崎どのか」

玄沢が八吉に顔をむけた。

「そうでさァ。島崎の旦那も、市川とおれんが嘉川屋を閉じずに、子分たちも離れに身を隠していることを知れば、黙っているはずはねえ」

「島崎どのの手を借りるか」

玄沢が語気を強くして言った。

4

翌日、彦次、玄沢、八吉の三人は浜町堀にかかる高砂橋のたもとに立っていた。

そこは、島崎の市中巡視のおりの道筋である。彦次たちがその場に立って、島崎が来るのを待っているのは、今回の件ではこれが二度目だった。宗兵衛が貸元をしている賭場を襲う前、島崎と会って話した場所である。

彦次たちが橋のたもとに立っていっときすると、遠方に島崎の姿が見えた。島崎は三人の供を連れていた。小者と岡っ引きらしい男がふたりである。

「あっしは、これで」

彦次はその場を離れた。

島崎は橋のたもとに立っている玄沢と八吉を目にすると、供の三人に先に行くよううながした。

そして、玄沢と八吉に近付き、

「玄沢どの、何かあったのか」

と、足をとめずに訊いた。そこは人通りが多く、足をとめて話していると通りの邪魔になるのだ。

「まだ、宗兵衛一家の者たちが残っている」

玄沢はそう言った後、嘉川屋が店をひらいていることや、市川と宗兵衛の女房のおれんが一緒になり、残った子分たちを指図していることを話した。

「始末がついていないということか」

島崎が顔を厳しくして言った。

「このままにしておけば、近いうちに賭場もひらくだろう。親分が代わっただけで、宗兵衛がいたころと変わりはなくなる」

玄沢が言った。

「うむ……」

島崎はゆっくりとした歩調で歩いていたが、

「宗兵衛一家の残党を捕らえるしかないな」

と、玄沢に目をやって言った。

「わしも市川には借りがある。何としても、わしの手で市川を討ちたい」

めずらしく玄沢が昂った声で言った。

それから、玄沢は島崎と肩を並べて歩きながら、嘉川屋に踏み込む手筈を相談した。

相談が済むと、玄沢と八吉は路傍に足をとめた。島崎は手先を連れてそのまま歩いていく。

島崎の一行が遠ざかると、彦次が玄沢のそばに来た。

「話は、つきましたかい」

彦次が玄沢に訊いた。

「ついた。明後日の未明、嘉川屋の裏の離れに踏み込むことになった」

「未明ですかい」

「そうだ。未明ならば嘉川屋に客はいないし、賑やかな門前通りも静かなはずだ。それに、子分たちは離れとは別の棟にいる」

「さすが、島崎の旦那だ。嘉川屋を襲うには未明がいい」

彦次が感心したような顔をした。

「彦次は、どうする」

玄沢が訊いた。

「あっしは、先に裏手にもぐり込んで様子をみやす」

彦次はそう言った後、離れに変わったことがなければ姿を見せないつもりだ、と玄沢に話した。

「そうしてくれ」

玄沢が歩きながらうなずいた。

彦次、玄沢、八吉の三人は、富ヶ岡八幡宮の門前通りに行き、嘉川屋に変わりがないか見ることにした。

　彦次たちは門前通りに入り、嘉川屋の近くまで来ると、路傍に足をとめた。

　嘉川屋の店先に暖簾が出ていた。二階の座敷から男たちの声が聞こえてきた。客がいるらしい。

　彦次たちはこれまでと同じように、嘉川屋の近くのそば屋の脇に身を寄せて嘉川屋に目をやった。

　それから半刻（一時間）ほどすると、参詣客らしい三人連れの男が嘉川屋の暖簾をくぐった。その二人と入れ代わるようにふたりの客が店から出てきた。

　ふたりの客は女将のおれんと女中に見送られて店先から離れると、掘割にかかる八幡橋の方に歩きだした。

「あっしが話を訊いてきやしょう」

　そう言って彦次がその場を離れようとすると、玄沢が彦次の肩をつかんで、

「彦次、話を訊くこともなかろう。島崎どのと話はついている」

と言って引き止めた。

　それからしばらくして、彦次たちはそば屋の脇から離れ、来た道を引き返した。

そして大川端沿いの道を経て、仙台堀沿いの道に入った。さらにいっとき歩くと、前方に仙台屋が見えてきた。

「一杯、やっていきやせんか」

八吉が彦次と玄沢に声をかけた。

「そうだな。これから帰ってもやることがないからな。一杯、馳走になるか」

玄沢が、目を細めて言った。

仙台屋の店先に縄暖簾が出ていたが、客がいないのか、ひっそりとしていた。

八吉が先にたち、縄暖簾を分けて店に入った。客の姿はなかったが、奥の板場で水を使う音がした。

「おあき、帰《けえ》ったぞ」

八吉が声をかけた。

すると、板場から「いま、行きます」というおあきの声がし、すぐに板戸があいて、おあきが顔を出した。洗い物でもしていたのか、濡れた手を手ぬぐいで拭いている。

「あら、玄沢さまと彦次さんも、御一緒でしたか」

　おあきが、玄沢と彦次に目をやって言った。

「深川からの帰りでな。三人で一杯やるつもりだ」

　玄沢が言った。

「おあき、手伝ってくれ」

　八吉は板場にむかった。

　おあきは玄沢と彦次に頭を下げ、

「すぐに仕度します」

　と言い残し、慌てて八吉につづいて板場に入った。

5

　彦次は座敷から足音をたてないように、そっと土間に下りた。そのとき、布団から身を起こす音がし、

「おまえさん、気をつけてくださいね」

　と、おゆきが声をひそめて言った。

昨晩、彦次はおゆきに「明日の明け方、玄沢さんと岡っ引きの八吉と一緒に盗人をお縄にするために深川に行く」と話した。

そのとき、おゆきは「どうしておまえさんが八丁堀の旦那と行くの」と不審そうな顔をして訊いた。

「攫われたおせんを、玄沢さんと一緒に助け出したのは知ってるな。……その子を攫う一味を町方と一緒に捕らえに行くんだ」

彦次はそう話した後、「心配するな。おれは深川まで一緒に行くが、遠くから見ているだけだ」と言い添えた。

そのとき、彦次はおゆきに「おれは勝手に出ていくから、起きなくてもいい」と言っておいたのだが、おゆきは心配で眠れなかったらしい。

「今日は、遅くならずに帰《けえ》ってくるからな」

彦次はおゆきに声をかけ、腰高障子をあけて外に出た。

外は満天の星だった。長屋の家々は夜陰につつまれ、ひっそりと寝静まっている。

彦次は足音を忍ばせて、玄沢の家にむかった。

玄沢も起きているらしく、戸口の腰高障子が明るかった。

彦次は腰高障子の前に立ち、

「旦那、起きていやすか」

と声をかけた。

すると、家のなかから「ああ、入ってくれ」という玄沢の声がした。

彦次は腰高障子をあけた。

土間の先の座敷に玄沢の姿があった。身仕度を終えたらしく、小袖に袴姿だった。座している脇に大刀が置いてある。

玄沢は大刀を手にして立ち上がり、

「出かけるか」

と言って大刀を腰に帯びた。

彦次は玄沢と一緒に長屋を後にし、仙台堀沿いの道に出て、仙台屋に足をむけた。今日も、八吉が一緒に行くことになっていたのだ。

仙台屋の腰高障子が明らんでいた。夜陰のなかに、ぼんやり浮かび上がったように見える。

彦次と玄沢は仙台屋の戸口に立ち、

と玄沢が声をかけた。まだ夜中ということもあって、店に入らずに八吉を外に呼びだすつもりだった。

「八吉、いるか」

「すぐ、出やす」

店内で八吉の声がし、腰高障子があいた。

八吉が外に出ると、「おまえさん、気をつけておくれね」と、女房のおあきの声がした。おあきは八吉を見送るために店にいたらしい。

「行くか」

玄沢が八吉に声をかけた。

「へい」

八吉は先に立って、仙台堀沿いの道を大川の方にむかった。

彦次、玄沢、八吉の三人は大川端沿いの道を川下にむかい、相川町を過ぎたところで、左手の通りに入った。

彦次たちは門前通りに入り、前方に嘉川屋が見えてきたところで足をとめた。

門前通りは、まだ夜陰に染まっていた。通りかかる人影はなく、通り沿いの店も

闇のなかで静寂につつまれている、

嘉川屋も、灯の色はなかった。店は静まり、物音も人声も聞こえない。一日のうちでいまごろが一番静かなのかもしれない。

「島崎の旦那たちはまだ来てないようだ」

八吉が辺りに目をやって言った。

「そろそろ来るころだがな」

玄沢は、来た道を振り返った。

玄沢と八吉は、島崎が率いてくる捕方にくわわり、嘉川屋の裏手にある離れに踏み込み、市川とおれん、それに子分たちを捕縛することになっていた。

彦次は捕方の一隊と離れ、逃げる者がいれば、取り押さえるか、跡を尾けて行き先をつきとめるかするつもりでいた。

それから小半刻（三十分）も経ったろうか。通りに目をやっていた八吉が、

「来た！　島崎の旦那たちだ」

と声を上げた。

通りの先に目をやると、いくつかの提灯の明かりが夜陰のなかに浮かび上がって

いた。その明かりのなかに、捕方たちの姿が黒く浮き上がったように見え、大勢の足音が聞こえた。島崎率いる捕方の一隊である。

「あっしは先に行って離れの様子を見ておきやす」

彦次はその場を離れた。島崎と顔を合わせたくなかったこともあるが、先に離れの様子を見ておきたかったのだ。

彦次がその場を離れていっときすると、島崎が捕方たちを連れ、玄沢と八吉のそばに来た。

島崎は捕物装束ではなかったが、従えてきた捕方たちは捕物装束だった。捕物三具と呼ばれる袖搦《そでがらみ》、刺股《さすまた》、突棒《つくぼう》などを持っている者もいる。

「どうだ、様子は」

島崎が玄沢に訊いた。

「寝静まっている。嘉川屋は見たとおり、だれも残っていないようだ。市川とおれんは裏の離れにいるはずだ。子分たちは離れのそばにある別棟にいる」

玄沢が言った。

「踏み込むか」

島崎が東の空に目をやって言った。空はかすかに曙色《あけぼのいろ》に染まっていたが、まだ辺りは夜陰につつまれている。

「島崎どのはここにいてくれ。踏み込む前にわしと八吉とで様子を見てくる」

玄沢は八吉を連れて、その場を離れた。

ふたりは嘉川屋の脇から裏手にむかった。裏手はなお夜の帳《とばり》につつまれ、物音も話し声も聞こえなかった。

二階建ての離れも、子分たちの住む平屋造りの別棟もひっそりと寝静まっていた。

玄沢は離れの戸口に身を寄せた。二階でかすかな音がした。はっきりしないが、鼾と夜具を動かす音らしい。市川とおれんの寝ている部屋から、聞こえてくるのではあるまいか。

玄沢は、子分たちの寝ている離れの斜向かいにある平屋造りの別棟に目をやった。そこにも灯の色はなかった。

別棟に身を寄せていた八吉が、足音を忍ばせて玄沢のそばに戻り、

「子分たちは眠っていやす」

と声をひそめて言った。

「踏み込むなら、いまだな」

玄沢は踵を返し、表通りに足をむけた。島崎に裏手の様子を話し、捕方たちと一緒に離れに踏み込もうと思ったのだ。

玄沢の後に八吉がつづき、嘉川屋の脇を通って表通りにもどった。そして、玄沢は表通りにいる島崎に近付き、

「裏の離れに、市川と女将のおれんがいるようだ」

と話した。

「子分たちは」

島崎が訊いた。

「離れのそばにある別棟にいる。近付くと鼾が聞こえたので、子分たちも眠っているはずだ」

玄沢が話すと、そばにいた八吉が、

「いまなら子分たちも押さえられやす」

と身を乗り出して言った。

「よし、踏み込むぞ！」

島崎が近くに集まっている捕方たちに指示した。

このとき、彦次は離れに近いつつじの植え込みの陰に身を潜めていた。その場の成り行きによって、離れや別棟に踏み込んでもいいし、逃げだす者がいれば、行く手を塞いでもいいと思った。

6

玄沢と八吉が、先にたった。島崎と捕方たちが、後につづく。

玄沢や捕方の一隊は嘉川屋の脇を通って離れの前に来た。辺りはまだ淡い闇につつまれていたが、東の空が曙色に染まり始めていたので、しだいに明るくなってくるはずだ。

玄沢は捕方の一隊が離れの前まで来ると、島崎に話して、捕方を二手に分けることにした。離れには市川と女房のおれんだけしかいなかったので、大勢で踏み込む必要はなかったのだ。

「わしと八吉とで離れに踏み込む。相手は市川ひとりといってもいいが、女房のおれんもいるようなので、捕方を四、五人連れていきたい」

玄沢が、島崎に言った。

「承知した。おれは子分たちを押さえよう」

島崎は子分たちのいる別棟に目をやり、「そこの家だな」と小声で訊いた。島崎のいる場からも、子分たちの鼾や夜具を撥ね除ける音などが聞こえたのだ。

「そうだ」

玄沢が小声で言った。

島崎は捕方たちをそばに集め、五人の捕方に玄沢に従うよう命じた。そして、残りの十余人の捕方に、

「おれと一緒に、そこの家にいる子分たちを捕らえる」

と、別棟を指差して言った。

すぐに捕方たちは動いた。五人の捕方が玄沢のそばに身を寄せ、他の捕方たちは島崎のそばに集まった。

「行くぞ」

玄沢が五人の捕方に声をかけた。

玄沢と八吉が先にたち、離れの戸口に近寄った。五人の捕方は足音を忍ばせてついてくる。

玄沢は離れの戸口まで行くと、入口の格子戸に手をかけて力を込めて引いたが、あかなかった。玄沢は刀の柄に手をかけた。格子を斬り落として何とか心張り棒をはずそうとしたのだ。

そのとき、彦次が玄沢にスッと身を寄せた。

「あっしが、あけやしょう」

と彦次が言って、懐から針金を取り出した。以前、離れに侵入するときに使った針金である。

彦次は以前と同じように針金の先を折り曲げ、格子の間から差し入れて心張り棒をはずした。

彦次は格子戸をあけると、すぐに身を引いた。後は、玄沢と八吉にまかせるつもりだった。

「踏み込むぞ」

玄沢が声を殺して、捕方たちに言った。

玄沢と八吉が先に立ち、捕方たちがつづいた。離れのなかは静寂につつまれていた。一階は客を入れる座敷だった。市川とおれんは二階の部屋にいるはずである。

玄沢と八吉が先に階段を上がった。捕方たちは後からついてくる。

二階は暗かったが、東の空が明らんできたのか、仄《ほの》かな明るさがあり、廊下や座敷を識別することができた。

廊下沿いの部屋は人気《ひとけ》がなかったが、突き当たりの奥の座敷からかすかに物音が聞こえた。鼾と夜具を動かすような音である。

「市川とおれんは、眠っているようだ」

玄沢が小声で言い、足音を忍ばせ、廊下を奥の座敷にむかった。

玄沢が奥の座敷に近付いたとき、聞こえていた鼾が聞こえなくなった。そして、夜具を動かすような音だけが聞こえた。

「市川が、気付いたようだ」

玄沢が声を殺して言った。

玄沢は市川とおれんのいる部屋の前まで来ると、襖に身を寄せてなかの様子をうかがった。

　男と女の声がかすかに聞こえた。市川が「おれん、逃げろ」と言い、「おまえさんも、逃げて」とおれんの声がした。捕方が来たことを察知したようだ。

　玄沢が襖を開け放った。

　部屋のなかは暗かったが、市川とおれんの姿がぼんやりと見えた。ふたりとも寝間着姿だった。ふたりの顔や首筋、足などの肌の部分が、闇のなかに白く浮き上がったように見えた。

「市川、廊下に出ろ！」

　玄沢が声をかけた。

　部屋のなかで立ち合うのは無理だった。暗かったし、布団が敷いてある。

　市川は部屋の隅にあった刀架《とうか》から大刀を手にしたが、戸惑っていた。おれんが、そばにいたからだろう。

「出てこなければ、踏み込むぞ」

　玄沢が語気を強くして言った。

　すると、市川は「おれん、ここにいろ」と言い置き、ひとりで廊下に出てきた。

玄沢のそばにいた八吉や捕方たちはすぐに身を引いた。玄沢と市川が戦えるだけの間をとったのである。

玄沢と市川の間合は、二間弱しかなかった。廊下が狭かったこともあるが、暗かったため間合が近くなったらしい。

玄沢は青眼に構えた。対する市川は八相だった。ふたりの刀身が薄闇のなかで青白くひかっている。

ふたりは対峙したまま動かなかった。全身に気魄を込め、斬撃の気配を見せている。気攻めである。

そのとき、あいたままになっていた障子の間から、おれんが顔を出した。外の様子が気になって、座敷に籠《こも》っていられなかったのだろう。

市川は背後におれんがいるのに気付いたらしく、一歩身を引いて、背後に目をむけようとした。この一瞬の動きを玄沢がとらえた。

イヤアッ！

玄沢は鋭い気合を発し、一歩踏み込みざま斬り込んだ。

青眼から袈裟へ——。

咄嗟に、市川は身を引いて玄沢の斬撃から逃れようとした。だが、間に合わなかった。

ザクリ、と市川の肩から胸にかけて寝間着が裂け、露になった肌に血の線がはしった。

市川は血を飛び散らせながら、慌てて身を引いた。

「逃がさぬ！」

玄沢はさらに踏み込み、刀身を横に払った。一瞬の斬撃である。

切っ先が、市川の首をとらえた。

ビュッ、と市川の首から、血が赤い帯のようになって飛んだ。玄沢の一撃が首の血管《ちくだ》を斬ったらしい。

市川は血を撒《ま》き散らしながらよろめいたが、足が止まると、腰から崩れるように倒れた。

廊下に俯《うつぶ》せに倒れた市川は四肢《しし》を痙攣《けいれん》させていたが、呻き声も上げなかった。即死と言っていい。

ヒイイッ！

おれんは、市川が斬られたのを目にすると、喉の裂けるような悲鳴を上げ、廊下を走って逃げようとした。

「逃がすか！」

八吉がおれんに飛び付き、寝間着の肩の辺りをつかんで廊下に押し倒した。すると、近くにいたふたりの捕方がおれんの両腕を後ろにとって縛った。

おれんは顔をしかめ、捕方たちのなすがままになっている。

7

廊下は曙色に染まっていた。

玄沢と八吉が先にたち、捕方たちが捕らえたおれんを連れて、廊下を戸口の方にむかった。

玄沢たちは階段を下りて戸口の土間に出ると、格子戸をあけて外に出た。外はまだ薄暗かったが、子分たちのいる別棟や嘉川屋などがはっきりと識別できるようになっていた。

別棟では、まだ男たちの怒声や足音などが響いていた。島崎が捕方たちを指図して、子分たちの捕縛に当たっているらしい。

玄沢と八吉は先に離れから外に出ると、捕らえたおれんを連れて別棟に近付こうとした。

そのときだった。両腕を縛られていたおれんが、いきなり前に出て、縄を手にしていた八吉に肩からぶつかった。

不意をつかれた八吉はよろめき、手にしていた縄を放してしまった。

おれんは両腕を後ろ手に縛られたまま、肩を振りながら逃げた。そして、嘉川屋の方に走った。

「待て！」

八吉が後を追ったが、おれんとの間は十間ほどもあった。

おれんが嘉川屋の脇まで逃げてきたときだった。近くの樹陰から、人影が飛び出した。彦次である。

彦次はおれんの前に立ち塞がり、

「逃がさねえよ」

と言って、おれんを縛った縄の端をつかんだ。

おれんは、前に立った彦次が縄をつかんだのを目にすると、その場にへたり込んだ。そこへ玄沢と八吉が走り寄り、

「彦次、助かったぞ」

と、玄沢が声をかけた。

「たまたま様子を見てたら、この女が逃げだしたんだ。それで押さえただけでさァ」

彦次が照れたような顔をして言った。

「市川は、討ち取ったよ。おれんは捕らえたし、残るは子分たちだけだな」

そう言って、玄沢は子分たちのいる別棟に目をやった。

まだ捕物は終わっていなかった。怒声や悲鳴、棒のような物で打ち合う音などが聞こえた。

「わしは島崎どのの様子を見てくるが、彦次はどうする」

玄沢が訊いた。

「あっしはこの辺りに身を隠していやす。逃げだす者がいたら押さえやしょう」

「そうしてくれ」

玄沢はその場にいた八吉と捕方たちに目をやり、「島崎どのたちに、助太刀する」と声をかけ、別棟にむかった。八吉が捕らえたおれんの縄をつかんで引ったて、捕方たちとともに玄沢につづいた。

彦次はすぐに樹陰に身を隠した。別棟から逃げだす者がいないか、その場で見張るのである。

玄沢たちが別棟に踏み込むと、捕方と子分たちの争う声や物音がしたが、いっときすると聞こえなくなった。

別棟の戸口から玄沢が姿を見せた。つづいて島崎と捕方たち——。捕方たちは、捕縛した男を五人連れていた。いずれも子分たちらしい。しんがりに八吉の姿があった。八吉は捕らえたおれんを連れている。

玄沢と八吉は捕方たちと一緒に嘉川屋の脇を通って、富ヶ岡八幡宮の門前通りにむかった。

このとき、彦次は離れの近くの樹陰から玄沢や捕方の一行に目をやっていた。そして、玄沢や捕方たちの姿が見えなくなると、樹陰から出た。

彦次は嘉川屋の脇に行き、玄沢や捕方たちに目をやった。

玄沢や捕方たちは、表戸をしめた嘉川屋の前に集まっていた。東の空はだいぶ明るくなり、人の顔や身装《みなり》が見て取れるようになった。

玄沢と島崎が嘉川屋の脇で何か話していた。いっときすると、島崎が捕方たちに声をかけ、捕らえたおれんや子分たちを連れて、その場を離れた。玄沢と八吉は路傍に立って島崎たちを見送っている。

島崎たち一行は人気のない表通りを西にむかっていく。おそらく、捕らえた者たちを連れて八丁堀に帰るのだろう。

彦次は島崎たち一行が遠ざかると、玄沢と八吉に近寄った。そして、三人並んで島崎たちの後ろ姿に目をやっていた。

島崎たちの後ろ姿が通りの先に見えなくなると、

「これで、始末がついたな」

玄沢がつぶやくような声で言った。

「旦那、あっしらも帰《けえ》りやすか」

彦次が玄沢に訊いた。

玄沢が何か思いついたような顔をし、

「彦次、八吉」

と声をかけた。

彦次と八吉は足をとめたまま玄沢に目をやった。

「仙台屋で一杯やろう！　始末がついた祝いの酒だ」

玄沢が目を細めた。嬉しそうな顔をしている。

「旦那、まだ明け方ですぜ」

八吉が戸惑うような顔をした。

「明け方だろうが、夜更けだろうが構わん。わしらにとっては、攫われた娘たちを助け出し、人攫い一味を一人残らず捕らえた記念の日だ」

玄沢が声高に言った。

彦次は玄沢の嬉しそうな顔を見ながら、……あっしらには、朝も夜もねえ、と胸の内でつぶやき、

「一杯《いっぺぇ》やりやしょう。祝いの酒を！」

と声を上げた。

東の空に広がった曙色が、彦次、玄沢、八吉の三人の顔を、酒気を帯びた顔のようにほんのりと赤く染めている。

この作品は書き下ろしです。

飛猿彦次人情噺《とびざるひこじにんじょうばなし》

攫《さら》われた娘《むすめ》

鳥羽亮《とばりょう》

令和2年6月15日　初版発行

発行人――石原正康
編集人――高部真人
発行所――株式会社幻冬舎
〒151-0051東京都渋谷区千駄ヶ谷4-9-7
電話　03(5411)6222(営業)
　　　03(5411)6211(編集)
振替00120-8-767643
印刷・製本―図書印刷株式会社
装丁者――高橋雅之

幻冬舎時代小説文庫

ISBN978-4-344-42997-0　C0193　と-2-43

幻冬舎ホームページアドレス　https://www.gentosha.co.jp/
この本に関するご意見・ご感想をメールでお寄せいただく場合は、
comment@gentosha.co.jpまで。